首届天山文学奖丛书

我从未与世界如此和解

吉尔／著

新疆人民出版社
（新疆少数民族出版基地）

图书在版编目(CIP)数据

我从未与世界如此和解 / 吉尔著. -- 乌鲁木齐：新疆
人民出版社(新疆少数民族出版基地)，2025.1(2025.6重印).
(首届天山文学奖丛书). -- ISBN 978-7-228-21626-0

Ⅰ.I227

中国国家版本馆CIP数据核字第2025GS8528号

我从未与世界如此和解

WO CONGWEI YU SHIJIE RUCI HEJIE

出 版 人	李翠玲		策　　划	李翠玲　可　木
出版统筹	孙　瑾　单　勇		美术创意	可　木　王　洋
责任编辑	刘　星		装帧设计	王　洋
责任校对	马鸿霞		责任技术编辑	杨　爽

出　　版	新疆人民出版社(新疆少数民族出版基地)
地　　址	乌鲁木齐市解放南路348号
邮　　编	830001
电　　话	0991-2825887(总编室)　　0991-2837939(营销发行部)
制　　作	乌鲁木齐捷迅彩艺有限责任公司
印　　刷	北京富诚彩色印刷有限公司

开　　本	880mm×1230mm　1/32
印　　张	9.25
字　　数	150千字
版　　次	2025年1月第1版
印　　次	2025年6月第3次印刷
定　　价	78.00元

序
地域之恋与辽阔之爱

沈　苇

《我从未与世界如此和解》是吉尔的第二部诗集,距《诗刊》"青春诗会"资助出版的第一部诗集《世界知道我们》,时间已过去六年有余。这六年中,我看到了她的困惑与挣扎、求索与进取,更重要的是,看到了她作品发生的变化。求变是保持创作活力的根本,所谓"苟日新,日日新,又日新",是需要我们时时记取的警句和箴言。

吉尔的变化,是一个从"我""我们"向着"龟兹""丝路""世界"的求变过程,简言之,就是一个主体不断敞开,并朝向"世界无限多"的过程。这使我想起王国维"境界说"中的"主观诗"和"客观诗",前者是"有我之境",后者是"无我之境";王国维还说,"自己之感"和人类的普遍基本的感情相通,才是诗人"不失其赤子之心""以血书者"之感情。"境界"

也是一个不断敞开、通彻,然后才能升华的过程。在从"主观诗"向"客观诗"的嬗变中,不能说吉尔已经做得很好、很成功,但至少,我们能在《我从未与世界如此和解》中明显察觉到这一求变的努力。事实上,早在两百年前,歌德也强调过"客观"的重要性,他在与青年诗人艾克曼的谈话中说"每一次健康的努力,都是从内心导向外部世界"。

所谓情景交融、主客一体、物我冥合,说起来容易,做起来、做得到是很难的。在主体与客体、我者与他者、个体与群体、生命的有限性和"世界无限多"之间,存在太多的疏离与裂痕、误解与冲突、纠缠与悖论,这造成了诗与诗人的困境,困境与悖论还存在于地方性书写与普适性追求之间,甚至存在于"诗人"与"女诗人"这一身份的建构之间。吉尔是清醒地认识到这一悖论的存在的,她用果敢而尖锐的语气写道:

"这世界的、地域的、河山的、民族的、命运的
……"
这美妙的统治
我坠入诗人的悖论
如果非要把我和现实连在一起
有些,是难以启齿的

哦！请不要怜悯我，不要说到性别，孤独

关于我

一个主妇，一位母亲……

一个与词语纠缠不清的人

须把笔削得越来越尖，把有些字写出血来

把有些词攮进命里

——《悖论》

这些带有明显自白色彩的诗句，像是诗歌宣言，也是生命宣言。在另一首诗中，她写道："我喝下库车河的水，泥沙俱下/胃里泛起漩涡，隐隐作痛/我是个中毒极深的人，要靠逆流而上/才能心安理得/可我一生都没有躲过洪水般的宿命/每个写诗的人，身体里都住着一处海洋/用来吞吐词语的泡沫"。（《我对他们的爱》）她说自己身体里居住着"凶猛的河流、暴雪/和花瓣"，楼兰遗址是"一个少女身体里巨大的棺材"（《楼兰》），她对写作的颇具"元诗"特征的描述是："夜晚越来越短，她写得越来越慢/直到多种身份在她身上和解/直到雪豹和女人/住在同一具身体。她饮下黑暗/——夜晚明亮，万物静谧"（《女人，抑或万物静谧》）……"修辞立其诚"，吉尔诗中有一般女诗人罕见的诚挚、率直、炽热和力量感,甚至具有一种男性般的力量感,同时具有女性的细腻、同情心和悲悯精神,以及对人、事、物的无限体谅。

惠特曼曾说,诗人是人与自然、人与世界之间的"和事佬"。这几乎是东方"物心合一"的西方阐释。在坚守"诗性正义"的同时,诗人寻求的是理解和包容、和解和救赎,诗则是美善与希望的保险柜。吉尔多次写到苏巴什佛寺遗址,这是一座规模宏大的地面寺院,现存大殿、佛塔、僧房和残墙。它也叫雀离大寺、昭怙厘大寺,始建于魏晋,鼎盛于隋唐。唐玄奘西行取经路过龟兹,曾在此地开坛讲经两个月,说这里"佛像庄饰,殆越人工。僧徒清肃,诚为勤励"(《大唐西域记》)。9世纪后佛教在龟兹开始衰落,14世纪后苏巴什寺被废弃。在诗人眼里,苏巴什城的月亮是世上最清纯的月亮,月光下内心变得柔软,溟蒙中感到自己正在靠近它的前世……"我们与这残城的寂静多么融洽/穹隆孕育,佛香聚拢/我们内心澄明/在这纷繁的人世仿佛绝尘而去"。(《我从未与世界如此和解》)另一首写苏巴什佛寺遗址的诗更加出色:

从一粒黄沙
到另一粒黄沙,是多少凝重的骨头

沉向泥土的缄默

在这个高贵的下午。在苏巴什佛寺遗址

断裂的台阶上

我肃穆、遥望。而我的心

被久久地取代着……

——《穿越》

"而我的心/被久久地取代着……"这是多么动人、令人迷醉和出神的时刻！"久久"一词把这一穿越的时刻拉长了。"取代"则是置你入我、化物为己，也即我经常讲到的"自我他者化""他者自我化"，而且，客观性盖过了、节制了主体抒情的激越和高亢，从而变得平和、谦卑。这是一个重要时刻，物我冥合的时刻，谁能抓住这一"取代"时刻，就是变革、更新和获救。"和解"与"融洽"就是这么诞生的。

这是一个安静的上午，我遇到的事物

都有着安详之美

红薯开着小喇叭花

沙枣挂满低垂的枝条，棉花就要开了

在一片废弃的葡萄园里

马匹和牛羊在低头吃草或打盹

这应是世界该有的样子
要知道,在静默的霍拉山下
每一粒葡萄
都是审视世间的眼睛
——《霍拉山下的葡萄园》

上述诗句的书写姿态令人欣慰而放心。吉尔的许多诗作一再持续着"取代"与"和解"的主题,在乐观的时刻,她知道"世界知道我们:/昼伏夜出的生灵,舌尖上的火焰和冰刃/……我拉上窗帘,世界也知道/我房间的太阳"(《世界知道我们》),在悲愤的时刻,则是"一想到/要把爱和痛重新码过一遍,就足以白发飘雪/这世上,就没有什么值得去悲愤了"(《如今我们不谈诗歌和写作》)。在她那里,仅有和解是不够的,还要"用一双近视散光的眼睛/看他们(祷告的人和忏悔的人)指给我的星星"(《星空或不惑》)。在诅咒还是"尝试赞美残缺的世界"之间,吉尔选择了后者。和解带来希望和信心,带来安静事物的"安详之美"。如果说诗歌是对虚无的反抗,是诗人们终于在虚无中抓住了一点点光,那么这一点点光,最终投照的正是

"安详"二字。

　　不和解、不安详的时候,诗人何为? 就像在塔克拉玛干,"时间是亘古的河流/大地,是另一个星空"(《塔克拉玛干断章》),其实星空也在往下看,如同"每一粒葡萄/都是审视世间的眼睛"。以诗祈祷,祈求赐福和助佑,吉尔诗中出现了"神""佛"等意象,这不是刻意的索求,而是自然而然的出现。吉尔生活的新疆库车,历史上是著名的西域佛都——龟兹,有千年的佛教流播史,留下了大量的佛教遗存:克孜尔千佛洞、苏巴什故城、库木吐喇千佛洞、克孜尔尕哈烽燧等。以克孜尔千佛洞为代表的龟兹石窟是一份世界性的文化遗产,是中国建造最早、规模最大、数量最多的石窟群,克孜尔千佛洞可与敦煌莫高窟媲美。龟兹还是中国伟大的佛经翻译家鸠摩罗什的家乡。龟兹在汉代是西域三十六城郭之一,在唐代,是安西四镇之一。19世纪末,随着《鲍尔古本》和大批梵文、吐火罗文文献的发现,龟兹再度成为世人关注的焦点,各路探险家对龟兹的兴趣逐渐演变为面向整个塔里木盆地的寻宝活动。在这样丰厚的文化背景下,吉尔诗中出现"神""佛",就像天降甘霖、雨润万物、草木生长一样自然。

> 他把牛羊赶到山顶,后来他赶着奔腾的马群
>
> 去了云里,用雪的方式寄回家书
>
> ——《我就要离开了,青格里》

　　我们头上三尺的神灵,正是以这样的方式,从云里寄回家书、诗篇和祝福的。或者,如诗人在北疆阿勒泰地区青河的巨石堆前所领悟到的:

> 我们将得到庇佑,成为吉祥的人
>
> 在这里,我什么都没有留下
>
> 只留下三句诗行
>
> "我们都有一座寺庙,用于修炼孤独"
>
> "在这里,我获得的安宁胜十慰藉"
>
> "你用古老的忧伤,医治了我现在的不安"
>
> ——《青河巨石堆遗址》

　　库车,古称龟兹,是吉尔长期生活、工作的地方,是她观察、体悟、沉思世界的"根基地",更是她诗歌的福地和隐

秘源泉。她写这里的洞窟、佛寺、故城、石林、峡谷、村落、河流、葡萄园、沙尘暴、木卡姆……无不饱含激情和深情。她认为自己是"龟兹女儿"——住在龟兹古都，觉得自己来自古代，目睹过历史的云烟，恍然一瞬，感到自己是"那个朝代擦边而过的侠客/或者是市井中的布衣"，"我会常常觉得：我的一半在现代/另一半在历史虚掩的门里/从京城到西域/木轮的车辙比任何木简更像史书"（《龟兹女儿》）。做"一个楼兰女，一个/活着的龟兹女儿"，几乎是她的终极梦想。这里有身份的合一，但也有"一半"与"另一半"的分裂感。在《话题》一诗中，这种"分裂感"是切身的、痛彻心扉的：

我的祖父埋在了山东德州，我的父亲

埋在了新疆沙雅

活着，他们天各一方。死了

依旧骨肉分离

这无法治愈的"分裂"

像陈铺的铁轨。我们滑、滑……向着未知！

有人认为吉尔的诗是本土主义和地方主义的，从某种角度来说，可能没错。但纵览她的写作，却呈现出一种开放、开阔的本土和地方色彩,兼具力量和大气,是能读到颇具震撼力的诗句的。关于"地方主义"这一概念,我更倾向于克利福德·吉尔兹所说的"地方性"。吉尔兹是从德国哲学家狄尔泰、马克斯·韦伯那里受到启发的,他们认为,"理解可以察知、重塑别的个体的精神世界,并发现别人主观世界的概念以及其行动的原动力",可以"在你中再次发现我",置你入我,设身处地,这已经不仅仅是理解,而且是分享或感知到了别的人们的生活。吉尔兹在他俩的基础上,将"理解"一词推进了一步,认为:理解的关键在于,理解者对被理解者的客体应持有"文化持有者的内部眼界",也即"在解释之上的理解",这是当代阐释人类学的基本宗旨。吉尔兹是将"地方性写作"和"深度描写"紧密联系在一起的,这是他的方法论、撒手锏。如果要使自己的写作具有人类学、文化学和社会学的意义,对于生活在边疆地区的每一位作家——包括吉尔在内,吉尔兹的经典之作《地方性知识》,无疑可以成为一部启示之书。

从地理空间和文化空间上来看,吉尔的诗歌写作不局限于库车、塔里木盆地或整个南疆地区,她的"漫游"和"歌咏"遍布疆内疆外——北疆的赛里木、喀拉峻、青格里、喀纳斯、白哈巴、卡拉麦里、彩南……疆外的玉门、德令哈、扬州、三亚、湄洲岛、寒山寺、黄浦江……面对"异乡"，她总是怀着一种理解、体惜和珍爱之情，好像自己生来就属于"远方"，对所有的"远方"兴味盎然，并且能够随遇而安。"远方"并不意味着就是送上门来的"诗"，海子曾说"远方除了遥远一无所有"，记不得哪一位电视主持人也说过"旅行就是从自己活腻的地方到别人活腻的地方去"这样的话。"诗和远方"的说法现在太流行了，让人腻烦了，太流行的东西就需要我们警惕。对于诗人来说，无论"近处"还是"远方"，是同等重要的，或者是并置在一起的，其实是同一个"地方"，关键在于要用自己的心灵去发现和创造。

> 我珍爱每一个爱我的人
> 想到你们脸上的沧桑，我就心痛
> 我珍爱你们，像我亏欠了时间
> 　　　　——《我珍爱每一个爱我的人》

面对人情世故、万千沉浮，面对人世间生生不息的悲凉，面对亲人和陌生人，她的理解、体惜和珍爱之情，越发强烈和深沉了。她觉得自己"越来越像我的母亲"，她向离世的母亲倾诉："这些年/我一次次地写，想让负罪的心/稍稍获得安宁……现在,她一辈子都没有说出的苦/憋在我心里,像一只驯鹿/而我失去了放走它的勇气,即便这苦/常常让我感到窒息"。(《离散》)她写捡废品的王大嫂、医院门口的脑瘫儿,颂扬每天清晨无名的早起者,同样,她也把赞美和珍爱之情献给弗罗伦斯·南丁格尔、茨维塔耶娃等光辉的女性。这些"人物篇"中,写给父母和亲人的作品,是最为质朴感人的。语调降低了,抒情性减弱了,叙述性出现了,细节和场景融合了真实的情感,因此打动人心、直入人心。回忆父母的《祖训》一诗全文引用如下:

母亲做饭的时候

父亲把头晚泡在大条盆的高粱

捞出来沥水

母亲纳鞋底的时候

父亲开始扎扫帚

多年后,这情景成为我

所理解的最好的生活

坐在老屋的葡萄藤下,我听到百鸟归巢

蛙鸣成片

那时,我还不知道朴素以外的事物

> 我的母亲说过
>
> 头顶有神明,所以从来不敢冒犯
>
> 和不敬
>
> 这些年,不说谎不低眉
>
> 只有我自己知道
>
> 这安身立命的祖训有多重要

吉尔写到过温宿的神木园,那是一个十分神奇的地方,有无根树、寻根树,有独木成林,还有桑树和杏树紧紧合抱在一起的情侣树……"我不知道无根树活着的隐秘/我无法想象,在过去的一千年里/树的世界/经历了怎样的'人生的苦槛'。"(《神木园》)所谓"神木",其实都是普通树木历经时间的洗礼磨砺成形的。"神木"几乎可以成为诗人写作与精进的一个形象譬喻。写作不是坚持和挺住,而是工作和手艺,是一种自主选择的生活方式,但需要历经众多的"苦槛"。吉尔的诗歌立足于龟兹文化这一深厚的背景(几乎是"启示录式"的背景),同时保有个人化抒情性的较高辨识度,并向更加广大的世界敞开、迎迓、包容。她已经自觉地意识到了这一点:"我的爱是辽阔的/我的情愫是敬畏的/牛羊踏起的烟尘是神圣的。"(《柴仁草场》)如果说"地域之恋"

是她的根,"世界之爱"则是她的翅。期待她将《我从未与世界如此和解》作为一个已经越过的台阶,写出更加出色的融"根"与"翅"为一体的作品。

是为序。

2020年6月9日于杭州下沙

目　录

第四辑　时间之旅

第一辑

我从未与世界如此和解

悖　论

说到我,请说到文本

说到刻薄的词,命运,像雪片一样飞舞的星空

说到我,请叫我的名字。如果你愿意

就叫我诗人,而不是

女诗人

我爱这暴烈的阳光,悲凉的人世

我爱这坦荡的大地

我爱过浑浊的河水和不分黑白的涛声

我爱过词语,如鲁莽的少年

"这世界的、地域的、河山的、民族的、命运的……"

这美妙的统治

我坠入诗人的悖论

如果非要把我和现实连在一起

有些,是难以启齿的

哦！请不要怜悯我,不要说到性别,孤独

关于我

一个主妇,一位母亲……

一个与词语纠缠不清的人

须把笔削得越来越尖,把有些字写出血来

把有些词攥进命里

一切都还在进行

有时候,想给你打电话

手指摁了下去,又收回

"说些什么呢?"

生活和思念都变得陈旧,书翻旧了很多本

而周围,个人命运与乡土命运都有着共性

在办公楼的右侧,是一所中学

孩子们总是欢呼雀跃,羽翅扑扇

像是未来无始无终,而道路鲜花簇拥

在办公楼的左侧是医院的太平间

早晨上班的时候,遇到发丧的队伍

大把的纸钱从汽车上撒下来

像那么多没有归宿的人

穿孝衣的中年男人对灵车的司机说

"慢一点",声音里充满了痛惜和不舍

仿佛灵柩里的人,再也经不起人世的颠沛

常常是孩子们的欢呼声和守孝人接二连三的号啕声

在同一个下午同一扇窗子传来

我从未与世界如此和解

我见过世上最清纯的月亮

在寒夜的苏巴什城,她长久停留

我看到世界黛蓝,佛教黛蓝,寒凉亦在黛蓝中

我们对着镜头等月光变幻——时间如河

我从未这样对月亮痴情

也从未这样内心柔软,在月光里飞翔

整个晚上我们都在等月亮升起,等她靠近古城

溟蒙中,靠近前世

我们拿走那一夜的月亮,卸下白日的苍凉

我们拿走黛蓝的手记,风吹醒亡灵

我们与这残城的寂静多么融洽

穹隆孕育，佛香聚拢

我们内心澄明

在这纷繁的人世仿佛绝尘而去

克 孜 尔

那时大地辽阔,时间苍茫

月亮是佛系的

那时人间慈悲,众生诵经

鸟叫、鹿鸣、虎啸都是悲悯的

那时悲苦的大地开满金黄的向日葵花

太阳普照众生的额头

来自东方的蒙古利亚人,西方的欧罗巴人

爱上龟兹的六瓣杏花

他们的信仰有着水一样的天赋

因此感化了石头

在克孜尔千佛洞

一个戒掉嗔念的人

可以听到壁画里的诵经声

一个心诚的人，可以听到朝钟暮鼓

和佛祖的点化

以水为镜，可以照见干净的灵魂

时光和月亮一样慈悲

荒山为证

请赞美一截枯骨

九万个灵魂静谧如初

请赞美一块残石,它带着众山的体温滑入谷底

请赞美幸存的水域,养活飞翔的鱼群

请赞美绝壁上的洞窟,生生不息的思想

请赞美山脊上的一株植物,绿色身体里

藏着时光之火

请赞美残崖上缀结着苦难果实的野西瓜

已修成正果

请赞美永生永世停在山顶的云

我要找寻的人,比我早到了一千九百年

我要遇到的人,是和我一起走入库木吐喇的人

老　者

在北山,我见过沧桑的石头
像一位老者,风霜布满了他的一生
我反复看着,我们怎么会如此熟悉
朝向风的一面

为什么我在他身上感到了理解
伟大的懂得
那样清晰,被一种熟知的气息包围
尽管他和山体连在一起
我依然相信,他在夜晚走动

尽管他来自1.4亿年前白垩纪
我依然相信,我们有着
某种联系

霍拉山下的葡萄园

霍拉山下的葡萄园

即将采摘的葡萄坠结在葡萄树的半腰

果农的妻子坐在三轮车一侧

后来,我想象了她的眼睛

葡萄核一样的底色、流溢出葡萄的光泽

和一双有着时光之美的手

这是一个安静的上午,我遇到的事物

都有着安详之美

红薯开着小喇叭花

沙枣挂满低垂的枝条,棉花就要开了

在一片废弃的葡萄园里

马匹和牛羊在低头吃草或打盹

这应是世界该有的样子
要知道,在静默的霍拉山下
每一粒葡萄
都是审视世间的眼睛

在库车唐王城

荒凉,苦苦撑着一个远去的朝代

如今,只剩一枚远行的月亮

碱草蔓上了残垣

废墟下,巡逻的火把熄灭了

唯思乡,浩荡,辽阔

如水波荡漾

隔着万里长风,一座长安城

异乡人,如果你在水中

捞起一枚走失的月亮

就把它安放在库车的草湖

送湮没的马群和将士回一次故乡

送荒凉一座粮仓

塔克拉玛干断章

她唱世上最美的哀歌

…………

她拥有女性的辽阔,并诞下荒凉和桀骜

她拥有水的品性,比水还硬

在塔克拉玛干,时间是亘古的河流

大地,是另一个星空

我们是她走失的沙子,这如同造物主的安排

我们经历雨水、冒险的词,在塔克拉玛干的星光下

听,玛格萨①的叹息比黑夜还深沉

我是塔克拉玛干荒凉的一部分。在这里
语言比木简更沉默,在这里
寂静,搬运着一整座胡杨林,巴依孜湖流淌的月光
没人能懂

在这里,风鼓动着迷失的精绝和楼兰
死去的记忆,走在返乡的路上

---

① 玛格萨:传说很久以前,人们渴望引来天山和昆仑山的雪水浇灌干旱的塔里木盆地,慈善的神仙让小女儿玛格萨把打开盆地的金钥匙送到人们手中,可玛格萨把金钥匙弄丢了,从此盆地中央变成了塔克拉玛干大沙漠,而玛格萨永远留在了塔克拉玛干……

塔克拉玛干简章

沙浪滚滚,她精通毁灭、淹没

和一种巫术:

"幻梦中的大湖,崩塌的海市蜃楼"

在这里,"死亡"是最小的词

我,一个意外的坠入

"放出体内的豹子、老虎和忐忑"

我像我的祖父一样固执,像我的父亲一样坦荡

塔克拉玛干,墓园和聚宝盆的共同体

我爱鹰骨、枯木、干涸的河床

和它身体里的涛声

我知道,大漠深处盘踞的骸骨

和骸骨上的花朵

我知道,鱼鳞于无声中走动

我同样知道,一个只与自己对话的人

她内心的孤惘

就是一座塔克拉玛干

那是我们在人间的成像

你看,尘土浮于万物之上

渐次有序,轻盈有翼

这让我想到百年后

我们的灵魂变成两粒飞旋的离子

逝去的亲人带来星体的讯息

你看,这偌大的尘世可是时间的放生池?

我们都是被时间放生的人

用疲惫之躯,行走于世

用悲苦之心,颂赞苦难

感谢上苍,我还是嗔念不深的人

深爱简单的事物,星空、云朵和新疆玫瑰

有时,我透过密布的尘土看云

它们与大地上的事物形似,那是大地的影子

有时,我在夜晚看月亮

飞旋的尘土在发光

像浩渺的银河,那是我们在人间的成像

只有这时

只有这时的人间是神圣的

月亮回到古代,流水穿过时间

伸出手,可以摸到光

一束一束的光来自不同年月

那里,有写诗的李白

也有写史的司马迁。一枚中国的月亮里

有月满西楼,万家灯火

一枚中国的月亮里有最好的民间

苍穹是一池倒置的墨水

零星是天空的灯火,此时

万物生灵安然有序

我在院中的梧桐树下,看光穿过密匝的树叶

有时,我在灯光下数树

从左到右,可以数到第七棵榆钱树

从右到左,可以数到第六棵榆钱树

这时,身体里有光的人

被银河的镜子照见,所有的孩童得以安睡

祖 训

母亲做饭的时候

父亲把头晚泡在大条盆的高粱

捞出来沥水

母亲纳鞋底的时候

父亲开始扎扫帚

多年后,这情景成为我

所理解的最好的生活

坐在老屋的葡萄藤下,我听到百鸟归巢

蛙鸣成片

那时,我还不知道朴素以外的事物

我的母亲说过

头顶有神明，所以从来不敢冒犯

和不敬

这些年，不说谎不低眉

只有我自己知道

这安身立命的祖训有多重要

麦垛上的月亮

那时,我们在草坪上唱歌

在宿舍里念诗,在楼道

烟熏火燎地炒菜,水房的玻璃窗外

有一大丛曼陀罗,开白色和淡黄的花朵

现在,我一个人看风,风里有起伏的麦浪

有苦马豆的味道

和薄凉的雨

只是记忆越来越差,随手放下的东西

转身就忘了。那天

你打电话说,老是梦到过去

在四小队,我们还是小时候的样子

这些年,我们披着各自的风霜

穿过生活的麦芒和闪电

是怎样的颠沛和风雪,改变了火焰

是怎样的风沙和撕裂,颠覆了理想

你看！那高悬的月亮

是不是麦垛上的那枚

鸟,或闪电

我终于见到它了

那只黑色的红嘴鸟。从初冬到夏末

我觅着声音仰望硕大的梧桐树

有时用脚跺地,有时冲它打口哨

更多的时候,我静静地站着

光透过密匝的叶子

把一些事物照亮

我们总是被一些细微事物打动

很多次它在我的想象中起飞

隐秘、惊喜、期许。每一个这样的夜晚

我们都在等,我和一只鸟

在黛蓝的夜色中

而那忽然升起的鸣叫,辽阔、高远、孤傲
凝固如雕塑

那天,它从梧桐树到楼檐飞出一道弧形
如一道黑色的闪电,像是完成一种仪式
或宣言

当我写下它,一只鸟
而不是哀鸣,从一首诗中再次起飞
黑色的羽翅将大气画出一条闪亮的河流

我们谈起

很多年后

一场雪刚刚停止

几只鸟在丝瓜架上啄食雪粒

我们谈起医院门口的榆钱树

铁皮车棚顶在狂风中响了一整夜

而污水处理机房肆意地叫嚣着

我们谈起

两点到六点,除了急诊没人会来

我摘下护目镜,仰望那颗橘黄色的星星

这,使我感到安宁、敞亮

我们谈起

五点三十分

鸟鸣准时从梧桐树上传出

我配好消毒液,一首诗写到一半

另一半停在那里

带有天意

我合起诗集

那是多年后,这里常常下雪

悲喜自度

她曾是一名护士,无证记者,写过无用的材料

在成堆的荣誉书上,她仅爱诗人的身份

在众多的玫瑰中,她赞美过桑葚和沙枣花

在众多的星辰中,她只认识北斗星

在众多的荒漠中,她爱过边界的沙漠

她有一部沙漠简史,一本植物启示录

她相信定数和劫度

把一份苦差当成上苍的恩宠

从荒废的时光,她回到豆荚地和苹果园

并一再看到儿时的星空和北庭的月亮

她赞誉过图书馆,亡者的家园

更多的时候,她与万物交谈

和宇宙对话,这海水般的信仰

"终于从诅咒发明出了祝福,

从束缚中发明出了凭借"①

终于在一首诗的开头写下"悲喜自度"

而在这首诗的结尾,她向我念起

"我充当的这个人到底是谁? 我身上到底有多少个人?

我是谁? 在我和我自己之间,究竟存在怎样的沟壑?"②

---

① 浙江诗人泉子对吉尔诗歌的评语。

② 〔葡〕费尔南多·佩索阿:《惶然录》,韩少功译,上海文艺出版社,
2012。

星空或不惑

此时,所有的方向,
都不是我的方向
一个心怀寺庙的人,她要供养慈悲,
也供养悲凉

作为漫游者,我有合法的通行证
夜晚向不安飘移
此时,祷告的人也是忏悔的人
他知道,星空的背面是逝者的家园
那里,有他们冗长的喟叹

此时,我在亚欧大陆中心北纬34°22′
一个偏远的城市

地图上你没有找到我的位置

我向你说起半夜的梧桐和鸟鸣

狂风中,干枯的榆钱群蜂般扑落

这一年,我更像一个穿过黑夜的人

那么多夜晚,银河像镜子一样

照见我寂静的影子

我和保安们聊着生活、工资、孩子

他们像简笔画一样的理想

我们赞美生活、美食、今晚的月亮

我用一双近视散光的眼睛

看他们指给我的星星

北庭叙事

那时候,我的父亲尚年轻

他的马匹驶过北庭的城郭

天空是燃烧的太阳

荒凉,生生不息地照耀着西部

这里的先民信奉月亮、水和孔雀

他们颂赞时光、玫瑰、马嘶里的辽阔

我父亲的马队迷恋上北庭的草场

我的母亲被各种奇异的花打动

在我的哥哥、姐姐出生的时候

牧草蔓过额尔齐斯河两岸

我出生的时候积雪覆盖着草场

星星在雪原上闪耀

当我四岁时,我们继续西行
仿佛被蓝色的火焰引领

我的父亲向我们讲述
北庭幡旗猎猎,篝火日月不息的过往
那里,三千将士的怀乡病化为异乡的忠魂
三千将士的忠魂回到马背

我的母亲总说起
吉木萨尔的四季,牧民逐水而居
她说游走的炊烟是晚霞的影子

如今,我们葱郁的记忆、衰老的阿帕①
棕色的马队
都走在返乡的路上。那里
道路铺满白色的酸梅花,仿佛我们刚刚离开的黄昏

---

① 阿帕:在哈萨克语中指祖母或外祖母,也泛指年老妇女。

老人,是我

这些爬行生物,不会轻易放过岁月的瘀痕

加速繁衍

我看到黄昏里降临的憔悴

陡然而至的恐惧

终究,我是

大风里的栗子树

随风而起,随风落下

不是枝头葱郁

而是满树的皱纹,在纸片上反光

请收纳我小小的遗憾,这一生里

曾经苦苦冥想的经历,和年少的抱怨

皱纹,正爬过我的小腹

取走我身体里的钙,一个枯瘦的老妇人

和她的百年孤独

流 火

玖瑰,纯粹的矛盾,乐为无人的睡梦,

在众多眼睑下。

——〔奥地利〕里尔克

那时候,我们避开形容词

把它们装进蓝色的储存器,在孤岛上自问

我是多么懦弱,向世人隐瞒一切

然后,我们若无其事地谈论理想

谈论海岛上的天气和渔民独居一隅的生活

望着出海的渔船和摆渡的身影,我们什么都没有说

把自己越来越紧地装进海蚌

我们能说什么呢

"关于渔民的生活我们又知道多少?"

一只破碎的贝壳,伏在沙滩上

倾听一阵高于一阵的海浪

它身体里干涸的海水,涌过一个又一个潮汐

就在那个清晨,我看到流火

越来越多的流火,漫过起伏的海岸线

那么多不为人知的诡秘

和至死不移的梦

像人间的磷火,翻过一个又一个山峦

连成一束束耀目的光链

我忽然就那么想做你决绝的恋人

咽下你的痛苦,接受你的玫瑰和流离失所的词汇

在湄洲岛,在这人世的沧海桑田

我想起和田的玫瑰,想起里尔克

没有人比他更精通玫瑰

但我知道

"玫瑰不愿成为任何人的睡梦"

再见流火

是怎样的夜晚,我看见流火

亲爱的,你不觉得它们是一群无家可归的生灵吗

有那么一刻,我不停地嘟囔

"流火,幸福的流火"

我想起冰雪围剿的草原

想起父亲和马,那个冬天走失的羊群

一阵接一阵的马蹄声,比马蹄声更响亮的雪屑声

比雪屑声更响亮的马鞭声

它们驱逐着寒冷、寂静和黑暗

可有谁知道那比枯草更密集的孤独

那比孤独更密集的记忆

流火,幸福的流火

它们被黑夜追赶着

也追赶着黑夜

这一刻,在奔向虚无的征途

那无数的流火可是夜行人为自己一次次的送行

雪　中

我们沿着古尔班通古特沙漠返回

雪线由明亮滑向黛蓝

我将不会遇到农舍,如果途中恰好碰见狗

那将不是狗,而是狼

白天,基地的石油工人

让我们看他拍的火狐狸,皮毛光亮

它的眼睛我熟悉极了

但我并不记得见过任何一只狐狸

他说它在那里等,他停下车

给它食物,后来

它常在那里等

在世间我们有着相似的孤独

克制的爱,就像雪

就像雪中的我们,欢欣而失落

从一场雪到另一场雪

我走了多少年

这白茫茫的雪,曾掩去我多少亲人

和风华正茂的记忆

现在,他们顺着时间的裂隙静静地返回

古尔班通古特沙漠的雪

向十二月的古尔班通古特沙漠出发

向苍茫的大雪

静默的额尔齐斯河

鸟儿像纸片一样闪过

天气预报说更大的雪将要来临

这让我想起1979年的雪

父亲说我出生的时候,雪高过了窗沿

狼群常出没在村里

我见过那一年的雪

甚至雪中降生的女婴

就像我知道与雪有关的命运

都和我有着千丝万缕的关联

那天,在古尔班通古特沙漠

三只黄羊与我们相望

九只蒙古野驴向我们回眸,在白雪中

像精灵一样来,像精灵一样离去

放眼望去,雪

将人间擦拭得明亮如初

雪落龟兹

一场雪，合上龟兹的琴盖

它回到安静的婴儿

仿佛心怀禅念的静物

没有人知道

它胸脯上煤一样的黑痣、小腹上

脆弱地繁衍

一双历史的辊辘

碾过它完整的身世

如今，它身披宽敞的白袍

如同打坐的白发僧人

我的内心

忽然转动一阵佛念

一个离去的人

在簌簌的落雪中

轮回

远处,乌鸦的叫声白了

卡拉库尔村

我曾到过库车的每一村,每一村

都有着相似性,耕农的脸膛微微发红

在最远的卡拉库尔村,手机没有信号

我度过了完整的四天

天不亮我和户主的小儿子去水渠取水

白天我随转场的羊群去北山深处的牧场

那里,碧草连着蓝天

傍晚,我去村头牵回放牧的乳牛

夜里,我和同事用高清摄像机

拍下夜晚的卡拉库尔村,高悬的明月

是村里最亮的灯

我们拍下走动的风,想象

翕动着翅膀

卡拉库尔村在黑英山下,卡普斯浪河

横切山脉而过,像梦一样流淌

如今,我的同事去了另外的城市做记者

我在医院工作

在这座小城里步履匆忙,恍如过客

想起在卡拉库尔村的日子

我恰好仰头看月亮

她竟意外明亮,像一颗无辜的心

鸠摩罗什①

我相信,我一定得到了某种暗示!

在克孜尔佛窟,向日葵一半倒映在水中

一半倒映在天上

鸠摩罗什垂下眼神,目光散漫

那静默的草

静默的昆虫

和一株静默的高粱

他就在那里,无论克孜山怎样变幻

① 鸠摩罗什(344—413):西域龟兹人,中国历史上三大佛经翻译家之一。

他都在那里,无论佛窟被时光怎样改写

他也在那里

我无法说出

一种隐秘,更无法说出圣神的根源

慈悲、宽容和恩典

这些环绕着佛窟的红柳花

和芦苇,我可以感觉到它静默的佛缘

远处,克孜尔河翻滚着虔诚的浪花

那里,静寂朝向未知的远

我想,佛也有自己的坚守

就像此刻,隐身在这残破的洞窟

向我明示,任何一种斗转星移

都可以在时间之外

小河墓地①

这片平静的房顶上有白鸽荡漾。

它透过松林和坟丛，悸动而闪亮。

——〔法国〕保尔·瓦雷里《海滨墓园》

在这里，没有什么

比没有破译的文字更疼

没有一种沉默，能胜过无字墓碑

在这里

死寂是最大的哀歌，而亡者拥有神明的眼睛

---

① 小河墓地：位于新疆罗布泊，是青铜时代墓地，距今约3800年或更早，为全国重点文物保护单位，是新疆史前考古的重大成果之一。

沙漠里波涛滚滚,为贫穷忘记忧伤

为富贵带来哮喘……多么完美的一天

落日熔金般洒满废墟,百花在海市蜃楼前盛放

多么宁静的黄昏

仿佛人间第一个黄昏,在那里宁静不动

在这里,墓地是荒漠中的花簇

古人的骷髅闪闪发光。他们宽容了时间

把内心的苦痛和悲悯化为慈悲,如同祖母的爱

垂下眼帘,鸟鸣雀跃——

说到亡灵,是一件多么敬畏的事情

乌什喀特古城

不仅仅是残垣峭壁

还有寂静的枯骨,那人留在古城的叹嘘!

乌什喀特古城空了,成了一座星空

远处,风

踏出了嘚嘚的马蹄声

卡拉麦里①

我知道　它开始成为我的梦寐

它忽然从小说闯入　我发呆地去想

风从草丛走过的声音

和野马的语言

卡拉麦里　我一生

都抱定着原始的向往　如果　减去人的踪迹

它　依然是神灵的栖地　我爱　那一切

荒野蹦跑的美妙的声音

想它的季节　黑夜风的影子

---

① 卡拉麦里:地名,地处新疆准噶尔盆地。

那些苦涩的水塘　和最野性的嘶鸣

卡拉麦里　我必须眯着眼睛

捧起阳光

我不属于卡拉麦里

而思想忠实皈依　如同母爱

那时　我是卡拉麦里秋天的牧马女

我在等下一个春天的来临

我们将温暖相遇　另一个　我

——一个牧马女

一个卡拉麦里牧马女的小女儿

多　美

我们总是比着速度、时间

一只陀螺被鞭子追赶着

一只陀螺在冰面上转成了天鹅

多美

追逐陀螺的少年多美

红黄蓝三种颜色转出的彩虹

多美

一个把陀螺打进黄昏的人

一个身披晚霞的人

多美

如果他被一阵啄木鸟的"笃笃"声叫醒

一定还是个少年

如果他被火车的汽笛叫醒

已是远行的青年

如果把镜头拉近,那人

可能是你

那个把陀螺打进中年的人

面前闪过的各种各样的面孔

会越来越快

直到他和它慢下来

他握着陀螺的手落满老年斑

草　木

若早些年出生

我会爱上一个人间的木匠

把每一件家具都打得像娶亲

世上最好的纹路莫过于木纹

世上最好的香味莫过于草木

桃木、楠木、椴木，最好的光阴

最好的流水和白云

打一张精致的书桌，写中国的汉字

打出古代的柜子，装丝绸、陶瓷、藏书

所有的花朵都含苞待放，所有的草木

都迎风起舞

打两张檀木屏风，一张雕初发芙蓉

一张刻百鸟朝凤

最好深居简出,最好开个药铺

龙葵、雪见、紫菀、半夏、景天、当归

木匠济众,我只尝草

白桦林

我闻到桦木的味道,仿佛多年前
深秋的浆果落在潮湿的草地上
还有马粪的味道

那时,遇到一只奇异的鸟
或者一只花斑鹿,我们一点也不意外
我们听着树叶的声音
斑鸠飞过……尽管放慢了脚步
还是惊动了十七匹马的睡眠

我反复数着,那是十五匹大马
两匹幼马,我被这清一色的红棕色而感动
没有一匹马是其他颜色
十七匹马光亮的皮毛在闪闪发光

第二辑

我对他们的爱

我对他们的爱

只有库车河了解我的品性

只有库车河懂得我静默的骄傲

它用三十年培养出我麦芒一样的皱纹

明亮,也是硬伤。这

像肋骨一样的语言

常常让我泪流满面

我喝下库车河的水,泥沙俱下

胃里泛起漩涡,隐隐作痛

我是个中毒极深的人,要靠逆流而上

才能心安理得

可我一生都没有躲过洪水般的宿命

每个写诗的人,身体里都住着一处海洋

用来吞吐词语的泡沫

我身体里居住着凶猛的河流、暴雪

和花瓣,中医说我的身体呈寒性,勿熬夜

食凉性食物,可我偏爱那些凉的事物

雪、冰块,命里带霜的人

我对他们的爱,使我一生都没有过罪恶感

我珍爱每一个爱我的人

我珍爱每一个爱我的人,像一种仪式

鸟鸣也在感恩这美好的时间

在飘落黄叶的小径,抠下漂亮的石头

放入书房

我珍爱你们。玻璃橱柜后的斜阳

我们谈着孩子、好莱坞电影和文学

有时喝一瓶陈酿

我珍爱你

从过去的某个日子忽然回来

说起往后余生,就像谈起一片树林

有时,我们散步到夜幕合拢

星月隐现,蛙鸣如织

这美妙的馈赠使我心存感恩

我珍爱每一个爱我的人

想到你们脸上的沧桑，我就心痛

我珍爱你们，像我亏欠了时间

我珍爱这样一个早晨

这些树记得我
记得落在我脸上的光影
如岁月和岁月沙漏

这再也不会老去的时光，晃动的紫竹林
和青瓦上停歇的阳光
我珍爱这样一个早晨

迷迭香安静！我坐着想你
对面草丛中，一个小女孩在蹒跚学步
这独属母亲的爱，使我沉醉
"我们从未分离，也将不会分离"
我珍爱我是你们的母亲，这
所有的过程

早安,先生

早安,先生

我们应谈谈天气

比昨日要美的日出,寂静的街道

驶过拉菜的卡车

像亚当·扎加耶夫斯基那样

尝试赞美残缺的世界

像雷蒙德·卡佛那样回忆起今天

我们曾谈论过什么并不重要

像辛波斯卡那样向伟大的时间道歉

并向逝者道歉,只因我们还好端端地活着

世界没有消停一天,瘟疫,洪水,战争

而我们还活着,并继续活着

这是一件悲痛的事情

早安,先生。去大自然腹地

我将它视为庄严的事。我们应带上食物

去沙漠看星空,去岛上看萤火

我们应穿行沙漠公路,去国家的最南边

带回什么并不重要,重要的是

我们送走日落和迎来日出的每一个时辰

早安,先生

准备好我们的行程,带上你的乐器

我们需要摇滚,用嘶哑的嗓音

唱出篝火

走开,虚伪! 走开,谎言! 我们自己就是风暴

我们自己就是中心、宇宙、太阳、古老和明天

早安,先生! 晚安,先生!

打印我们的诗稿,撒在我们走过的路上

晚安，先生

看看星空吧，就像我们对尘世的爱

那么浩渺，又那么缥缈

我们的过往不是消失了，而是在虚无的永恒中

像星际一样在运行。先生

秋天就这样来了

每一片落叶上都住着小小的灵魂

听，忽紧忽慢的夜风是他们在唱诗

晚安，先生

零点的时候，我们一起看北极星

在群星照耀下

陨落的事物回到自身，恋人们得到爱

我们将得到祝福

先生,我爱夜晚胜过白日

没有山阻水隔,没有众山之巅

没有沧海无边

我们在星空下相见,语言像萤火虫一样起飞

人世还有不可逾越的距离吗?

晚安,先生!

一切都将过去,灾难也是

晚安,先生!

愿尘世的梦都有归宿,愿我们是有彼岸的人

致陌生人

写这首诗的时候,天幕布满了星星

灯光透过稀疏的梧桐树影,你正驾车绕过

一段山路,我知道它

陌生人,干涸的河谷和叠嶂的山体

我知道

古人常在那里出没。我们仿佛已经认识很多年

如果不是这样,又是什么呢

那些挥手无迹可寻的人呢

那些日日相见形同陌路的人呢

"我不曾记得,不曾担心

不曾将他的名字念起。"哦

陌生人,很多年前你在一个地方

很多年后,你在一个地方

我们变换地址,就像变换涉水的索道

那么多年过去了

我们天各一方,拥抱起枯萎的玫瑰

与一座都市相比

我更爱废弃的尼雅,陌生人

无论你来自何方,都请爱一次

冬天的葡萄园和残雪上的昏鸦

爱一次这个唐突的人写下的诗句

和她墓碑上的微笑

女人，抑或万物静谧

深夜用体温爱一个女人

爱她的偏执、信仰、暴雨和疯狂

她常常手脚冰凉。用词语取暖

拆分、组合。把珍珠和贝壳串成海水

她常常独对夜空，拽着时间的衣襟

看着剧本日渐荒芜，如同死去的尼雅

统治一个夜晚——

她从来就是个倔强的女人

骨子里流着苦难的血，她爱这个世界

爱她皮肤下的伤痕，那些街头小贩

钢镚里的生活

夜晚越来越短,她写得越来越慢
直到多种身份在她身上和解
直到雪豹和女人
住在同一具身体。她饮下黑暗
——夜晚明亮,万物静谧

孤独之歌

我没有伟大的孤独,在我生活的村子

没有伟大的孤独,在拥挤的城市

我没有看到伟大的孤独

但在鲜艳的墓碑上,诞生了伟大的孤独

和永恒的星光,日月轮番看护它们

就像守护着小巧的襁褓

我曾无数次有过瞬间的孤独,它们开出各色的花

有一年夏天,我站在地埂上

长久看起伏的麦浪吞下一个又一个

绿色的旋涡

那刻,我有过深远的孤独

在雅丹地貌的高坡上

我有过苍凉的孤独

走过一片深秋的树林

我有过落叶的孤独，独自长久仰望星空时

我有过浩渺的孤独

我曾俯身沙漠，看风拖动流沙

它们细密的脚印孤绝而美丽

那时我有过经年的孤独

在图书馆

我曾和早年的孤独握手

我曾试着感同万物的孤独

但很多时候，我是害怕孤独的

那是与生俱来的害怕和最终的害怕

叙　述　者

我相信,活着一样可以经历轮回
那里,盲歌手弹唱着失落的家园
无数牛羊在寂静中转场

那里,老牧人日夜捶打着拴马桩
积雪运来奔腾的马群

喀拉峻,如果我活得够久
就让我收割秋天的枯黄
在没有灯光和月亮的夜晚
学会摸黑行走

为了忧伤的词根以及迷失的路途

我愿意忘掉阳光和生活的甜蜜

我愿意尝着苦艾,再把秋天走一遍

喀拉峻,走上诗歌这条道路

我就再也退不回去了

如今,我想把天上的星星数一遍,把地下的

积雪数一遍

其他的事我都不愿意去做了

爱一个柏拉图似的男人

我的爱像北冰洋一样绝望

我有着犹太女人般狂热的内心

而我的眼睛装满了大雪

我爱苦艾,爱一个柏拉图似的男人

这荒凉、负重的爱,使我迷恋酗酒

破败的口琴,朱雀和白虎

我迷恋番红花和飞燕草,深陷紫薰的谎言

沙漠如幻,在我读懂并理解了尘埃的信条之后

我开始爱上虚设的事物

爱他的完美无缺,爱他胜过我的孤独

爱他沉迷于文学的眼神,像丛林一样深沉

我只爱他的影子,譬如

月光在荒草上荡漾,战栗像受惊的小鹿

譬如,在虚无的松涛中……这荒凉的爱

得到了人间的承认

我爱一个柏拉图似的男人

像塔克拉玛干沙漠一样桀骜,没有期限

给茨维塔耶娃

请容纳我陡峭的爱

并删减掉北方的坏脾气

亲爱的茨维塔耶娃,弹起你忧伤的钢琴

冰冷的俄罗斯在哭泣

在你诗句的枝头哭泣

你宁愿相信魔鬼

而不是神

亲爱的茨维塔耶娃,当我读完

《诗歌　战争　死亡》,那是清晨

一只墨绿的鸟

飞过池塘,击落灰瓦上的藓苔

陈旧的事物在大地上吐故纳新

像神秘幽灵

而你属于所有的时代、孤独和死亡

秋蝉在十月引吭高歌

它们从齐窗的梅子树搬运过冬的口粮

而日益丰盈的孤独

像遍布山野的丛林

亲爱的茨维塔耶娃,赞美

无处不在的凋零吧!

去巴比伦、伊甸园

为接骨木的忧伤,唱诗

在弗罗伦斯·南丁格尔①的画像前

你的画像、你年轻的脸,甚至于你的手臂

我想到一个词:摧枯拉朽

你的安静、你的祥和,你

凝视着我们的眼睛。我为之一动

是你颤抖的灵魂

闪现的烛火,与我的一触

无数的白衣有着飞翔的力量

而天使从传说中复活。在老鼠流窜

臭气四溢的战地医院,你用修女的虔诚

① 弗罗伦斯·南丁格尔(1820—1910):英国女护士,近代护理学和护士教育的创始人。

握住虚弱的生命。啊！克里米亚的天使
你的战场，你拧干血的纱布
你提在手指间的油灯，这是我想象的神祇
看吧！流血的大地用母亲的手捂住胸口
我们植下女性的优美。用于拯救

祷词从你的教堂升起。那缓缓的
风和日丽的星光，拥着我
拥着我们，拥着白天，拥着休眠的夜晚
我们的弗罗伦斯，我们的南丁格尔
这是春天。我闭上眼睛，将崇高的杏花
献在你的墓前

阳光雨水带着佛罗伦萨城的气候
因为你，我要记住一些陌生的名字
并在那里做一次停留
为独舞的白天鹅，爱和光的女神

那么，我要借你的名义
写下伟大身后的脆弱
你的疲惫、担忧、眼泪，你和平的眼神

——你爱我们

你伸出一只手臂
抚向痛苦和心灵深渊
我们走向前。我们是你留在这个世界上的
孩子。我们爱你
弗罗伦斯·南丁格尔
——我们爱你
我们的弗罗伦斯,我们的南丁格尔

解放南路181号

我从未去过解放南路181号

那也是一个冬天

树叶在风中飞旋,它们用暗语打招呼

我被一个无法到位的意象左右,不得不

停下手中笔,去听一段佛乐

窗外是无边的黑暗。无法相容的事物

相容在一起。它们从未像现在这样

在黑暗里依偎取暖

夜晚变得温暖而抽象

解放南路181号

在另一个城市,他发给我一张导航地图

说我在这个地方
窗外的法国梧桐只剩下一些稀疏的叶子
然后是寒冷,来自慕士塔格峰的寒冷

尖顶的教堂和拱顶的寺庙
在同一个城市的上空
大雁像黑卡纸一样飞过这个冬夜
欢愉的鸽子去了香妃的墓地

我写到这里。慕士塔格峰上的雪光
使我内心变得宽广。寒冷在街道上穿梭
如同吉木萨尔阴冷的冬天
从那里响起的马蹄声医治了我的抑郁症

雪像我们年轻的心事,落在广场
雪继续把一个地址写下去
并为我们铺开稿纸
在这个冬天,我们挤对掉一些寒冷
慕士塔格峰的月亮,正爬过明亮的雪线

我很难说出诗歌的意义

现在,我很难说出诗歌的意义

在我荒凉的故乡,依旧是数十年前的锅灶

那些灰白的虚土,依旧是日渐衰老的亲人

麦草堆在墙边,驯鹿的圈架散塌

在我年复一年的写作中,除了倍增的皱纹

和渐短的时光

我很难说出诗歌的意义

对于我的乡亲,我说不出诗歌的意义

对于我的兄弟姐妹

我说不出诗歌的意义

我是个自私的人。诗歌只对我自己有用

我同样知道

对于一条日益搁浅的河流,我们

无法阻滞它干涸。那么多人

正像稻草一样被遗忘

宝贝, 宝贝

当我离开, 我就真的把你抛弃了

在这颠沛流离的人世

你要孤独地路过一个又一个站台

无论倾斜或摔倒

我只能在幽暗的空气中扶住你

宝贝, 你要学会扶着自己的影子站立

那些栏杆总有尽头, 你要学会

自己背着行囊

走过一个又一个路口, 每一盏路灯

都是我给你的启示, 宝贝

不要说

你又迷路了, 看着你一遍一遍回望

在眩晕的高楼间，无助和迷茫
我多想搂住你孤单的肩膀

宝贝，别怕！
可现在，我的声音是一支燃尽的蜡烛
我是多么心疼，你玫瑰的芬芳
你孤芳自赏的委屈，甚至你的傲气
宝贝，如果一切可以重来
回到五月，我不会让一切变旧
那里，叶芝、仓央嘉措，还有我
一个三流的情郎，是如此顿悟

现　在①

一大早拉木头的车就来了，他们从路对面推倒的废墟中

扛出大梁和椽子，有人用小拖拉机

装满捡拾的砖块

卡迪尔去邻村为母亲家、妹妹家和自家寻找住处

回来时说"一大家子先住一起，

熬过冬天再说"

他的妻子已经开始收拾零散的家什

她在这里结婚，生下两个儿子

柜子上褪色的"囍"字还在

她太熟悉这里了，屋里的毛毡味、院子里的鸡圈

和屋后的菜窖

---

① 诗作初稿创作于2017年北山一户牧民搬迁，2021年修改。

她太熟悉这里了,院外的核桃树林和墙角的馕坑

站在树桩上就能看见北斗星

"过世的父亲,就住在上边"

现在,麻雀从一棵树上跳到另一棵树上

像是在慰藉那些消失的事物

雨水已经很久没有落下

这些年,风把兰帕村的老柳树吹空了

风还把兰帕村的几只乌鸦带走了

我回去的时候

人们从路的北边搬到了路的南边

空荡荡的路标还立在原处

兰帕村,数过春分开始数谷雨

麦子地、玉米地、棉花地

比经验丰富的老农更熟悉节气

村东的打麦场废弃很多年了

只有布谷、啄木鸟

几只麻雀还光顾,只是越来越少

兰帕村还是兰帕村,这些年

它像散场的宴席

老人们走了、年轻人走了、来过的人走了

雨水已经很久没有落下

向着田野归隐而去

一个人身上背负的尘土有多厚

消失在故乡那片田野里的身影

再也背不起一粒尘土的时候

他背下了所有的尘土

多年以后我才明白

向着田野归隐而去

是宿命里幸福的事情

我依然看见沉沦在故土里的安宁

那些痛苦的分离　　秋天的绝望

包括我的父亲　　他的脚步变得无比轻盈

他们搀扶着……那向生命砸下去的尘土

我是向着落叶沉下去的

我身体里的寒冷在节日里剧增

这最后的闪电

也是冷的

我身上的尘土

将我压低　再低一些

就看到　府邸　就看到

向着田野归隐而去的那个人

冬　至

当我把生活过丢

外面的雪正在白茫茫地融化

雪的脚趾越来越细小

我开始回忆,围着旧日的火炉取暖

坐在十二年前的矮凳上,我还记得

黄色斑驳的油漆像卷起的衣角

父亲您说

一个家的和睦

比什么都重要

而今您说过的话和温暖的雪

成了十二年前的事

我对着黑色的天幕咽下人世的冷

这条没有尽头的路处处都是坚冰

自你走后我就孤注一掷

人性的卑微和骨头的俗媚

在这个冬天就像暴露的白骨,拼命掠夺

我对这个世界最后的幻想

我依然孤独,也无法向您交代

恍然而过的这十几年

"父亲,我在人间过得很好"

我舔了舔嘴角苦涩的笑

窗外的雪,正白茫茫地铺向另一个世界

岁月原可如此静好

那是中午,我睡醒的时候

世界安静如初

窗外,棕榈树张开硕大的叶子

那牡蛎,把时光收容成珍珠

和难以分辨的沙粒

还有什么事值得痛楚,白纱帘

爱抚我尚年轻的面颊

在此之前,我曾老去

饥不择食地放牧荒漠上的文字,看着

逐日苍老的爱人

始终找不到哭泣的理由

请庇佑我内心的月亮,让它明亮不息

请用"死"治愈"活",用"弱小"

治愈"世界"

在湄洲岛,在海风一遍遍送来"醒"的中午

想起此刻停在风雪中的故乡

在一盏盏昏暗的灯光下

我们正遗忘死亡、灰烬和小我的孤独

我终于,掩面而泣

纷　繁

我没有靠近，我只是远远地张望

古墓群在灰白的天空下

枯树苍白的枝丫在灰白的天空下

我没有靠近

我只能饱含对逝者的敬意，从远处

凝望死者的心灵

这些在高处

隆起的泥房子，让我回到最初

和最终

他们仍在倾听泉水的翠鸣吗

现在，泉水从他们哑寂的心中流出

人们走到这里停下来眺望

把心从纷繁的尘世暂时抽回

看看如灰的自己,虚空的自己

和那个永恒的自己

这就足够了

这就足够了

当生命的孤独遇到艺术的孤独

妻离子散,这样的词削弱了你的经历

除了画架和短小的炭笔

还有你中年的孤独和艺术生涯。这就足够了

只剩下租借的阳台了

而你丢掉的生活、形同陌路的妻子

和死于白血病的儿子回到你的夜晚

上苍一定要这样眷顾一个人的天分吗

你把他们画得太逼真,露出了艺术的疼

和生活的残忍

你把他们画得桀骜不驯

这多少有些像你

把生活收进发抖的画布

那些颜料、河流、心仪的女人。这就足够了

酒　窖

在肖尔布拉克的地下酒窖

我见过一壶老酒的孤独,桑皮纸

和柳条的儒雅

蘸着黑暗和黑暗的美德

你可以搬运乌苏大草原的马群

你可以乘伊犁的汗血宝马

飞奔法国的波尔多

无须星辰、萤火

在肖尔布拉克的地下酒窖

我看到黑暗和黑暗里漫飞的酒分子

我看到天使的羽翅

葡萄的长廊、麦穗的芬芳

和一颗大豆的涵养

在肖尔布拉克的地下酒窖

一壶老酒的孤独

和我积攒多年的委屈，我是说不出来的

在喀纳斯湖畔听楚吾尔①

此刻,喀纳斯湖的浪花正接近着

额尔德什老人的孤独

他的吹奏,使雪停了下来

可楚吾尔,我忽然就那么轻易地

败在你的呜咽里

忽然就那么

奄奄一息地爱上你

仿佛没有根基的故乡、迁移的河流

火种、苦酒、祖人的眼睛

---

① 楚吾尔:图瓦人用草制作的民间传统乐器。

我们戴着璎珞逃亡

枯草多么委屈、喀纳斯的雪多么委屈

我

是

多么委屈

代　替

我代替她活着,爱她爱过的人

断文识字,生儿育女

代替她饱经荒凉,代替她悲伤、忧患、幸福

散步到新市区

人们在唱歌、跳广场舞、买小商品

她不爱灯红酒绿、谎言

和形式主义

年轻时,她心里藏着一头澄明的豹子

我代替她返回童年

为我开门的人二十年前走了

我替她活着,叫她亲人

瀚 与 海

一

海水让沙子又哭了一次

他让她一次次地哭,倾出委屈

他梳理她凌乱的头发,他又抱紧她一次

他吻她的额头

她的眼角又湿了一次

在三亚的海边,她哭得我心都碎了

可我没有一滴眼泪

在南疆的塔克拉玛干大沙漠

我已经习惯了把眼泪一次次憋回去

二

走到"天涯",看到"海角"

才知道

爱

要压住狂澜的心

一笔一笔地刻,像石头上的字

三

我爱上潮汐、远帆

用虚度赞美人生,用诗歌慰藉炎凉

喧嚣是最大的沉默

四

如微尘,如宇宙

瀚与海包容无限小,无限大

五

在海上写诗

花朵在两旁,孤独在中间

六

姜平说,从新疆五彩滩捡到的五颗石头

五年来一直装在她随身携带的包中

五年来五颗石头一直庇佑她

并给她启示

七

5000公里,要飞越多少云层、山水

和历史烟波

抬头是天上琼楼,低头是大海

远方是黄沙和盛宴

向早起的人们致敬

向早起的人们致敬

向暮色尚未离去昏暗的街道

挥着扫帚的人致敬

他们把生活的垃圾堆垒、焚烧

以不深不浅的步伐踱在城市的边缘

用一双手、一百双手

几千双手擦净晨起的风雪

向早起的人们致敬

向倾弯的身影致敬

向那些三轮车的、手推车的

第一个从黎明中捡到酸涩的人致敬

当他们把汗滴进生活的卑微

在旋转的腿间，在生活的圆里

是苦与生存的纬线，是妻儿期许的眼神

高一脚，低一脚。用弯弓的背影

抹一把额头飞扬的汗珠

向早起的人们致敬

向那些昂起的头颅致敬

向那位提早赶到墙脚下的修鞋匠致敬

他破旧的裤管下假肢上的锈蚀暗红

比午时的烈阳刺眼、灼热

在我修鞋的短小时间里

他讲述着家乡、老母亲和南方的雨

将目光里升起的憧憬

轻轻砸进鞋跟

向早起的人们致敬

向缝补着生活裂缝的人致敬

向那些眉间沾着露水的父母亲致敬

向在泥土里劳作的幸福兄弟致敬

稻禾一茬一茬,他们用风霜给养大地

啊!农民,我要向你致敬

把牛车赶进暮色载满粮食的兄弟啊

从四季兑换一个又一个诺言

我要向你一再致敬

向质朴、忠诚、厚实致敬

向夜晚奋战在岗位上的人们致敬

工厂里、铁路、医院、实验室……

向他们平凡的身份和劳动致敬

向生活的本色致敬

当钟楼的塔顶从繁星分辨出来

当劳作的人民将夜晚拉直

我要真挚地向你们致敬

向早起的人们致敬

向他们的生活致敬

向那些劳累的手臂致敬

向他们倾向黑暗的脸孔致敬

第三辑

丝路长歌

龟兹女儿

我觉得自己来自古代

唐朝或者宋代

似乎目睹历史的风云。似乎见到筑起城墙的人

和一次比一次猛烈

挖倒城墙的人。那时我在哪里？

我一直勒马瞩望，然后扬鞭而去

我只是那个朝代擦边而过的侠客

或者是市井中的布衣

我会常常觉得：我的一半在现代

另一半在历史虚掩的门里

从京城到西域

木轮的车辙比任何木简更像史书

疲惫的驼铃多像夜色的哀歌

那出嫁的征途,如同途经贫穷、苦难和死亡

而西出玉门的风沙捷报

使我学会佩戴璎珞,火焰上的舞蹈

使我成为一个楼兰女,一个

活着的龟兹女儿

柴仁草场

这是柴仁的草场,480只绵羊

漫出柴栅,480只绵羊是柴仁的女儿

"23匹马是我的儿子"

柴仁的脸膛像极了被炉火烤红的

比加克馕

这是五月,900亩草场正在苏醒

900亩草场在我身后

云卷云舒

在大草原的神思里

我的爱是辽阔的

我的情愫是敬畏的

牛羊踏起的烟尘是神圣的

红山石林

这些耸立在高处的石头，还保持着树的姿势

挺拔、向上、不屈

…………

它们是干涸在高处的海水，是大唐走出的昼夜明火

是光年中密密的沧桑

是磐石的思想和绝望

此刻，风一声轻，一声重

此刻，每一块耸立的石头

都是身披红铜的喇嘛

每一块冶炼的残渣，都舔着时间的烽火

九月,给青格里

那是九月

"金黄的颜色比黄金更美丽"

麦田、草场、白桦林、向日葵地,明黄

连着金黄

它们蔓延、升腾,海水般起伏

像是黄金铸成的梦

那时,收割后的麦田飘过烤麦穗的味道

那时,准噶尔盆地的忧郁是金色的

那时,身怀五谷的人正赶着羊群从阿尔泰山回来

十匹红棕马在白桦林吃草

花乳牛眺望远方时,是那刻的雕塑

青格里,写下你的名字就像找到祖父的河流

鸟群飞过,落叶回到白桦树

青格里,你的美是一种记忆

可我不能说伤悲,怕伤害头顶的白云

不敢说委屈,怕泪水溢出眼眶

青格里,你的美胜过所有的眼泪

你容许我像个诗人

你容许我像个诗人

饱含温暖和悲悯，容许我此时此刻的虚妄

在黛蓝的星空下，容许我

黑夜一样的思想，漫无边际

这里的山山水水，河底的石头

和栖息的黑鸟，我都爱

青格里，你允许我不计过往

在时光之深

静敲木鱼

你容许我回忆蒙古马光亮的鬃毛，鱼的眼睛

月亮一样的传说。你容许我走向祖母

星群般的爱

在永恒的土地,乳牛的眼睛

有着先人的目光,这古老的忧伤啊

漫过乌伦古河两岸收割后的麦地

五条河流环绕的草场

白桦林金色的灯盏在风中行走

来自远方的诗人,面向岩壁

默念：

"愿牛羊得到庇佑"

"愿人世温和"

"愿草原静如处子"

我就要离开了,青格里

我就要离开了,青格里

你赋予我新的澄明。一次比一次明亮的眼神

雪就要来了,这是上天的祝福

大地愈合了一些伤口,又新增了一些伤口

在去三道海子的路上

我重新理解了生命,理解了父亲

一个老牧人内心的苦难和克制

他把牛羊赶到山顶,后来他赶着奔腾的马群

去了云里,用雪的方式寄回家书

青格里,我就要离开了

白桦林是明黄的

草场是枯黄的,成群结队的牛羊

做金黄的梦

站在大青河的铁桥上,我看到水从天上来

到天上去

我就要离开了,青格里

在秋色尽染中,你伸出双臂为我送行

而我知道雪就要来了,你要独自忍受寒冷、风暴

孤独

而美降临……

穿　越

那么是我，对向废墟的声音

此刻，我坐在十二层台阶上

被风沙清扫的寺院

只剩一种叫作野西瓜的植物；只剩

它最高的虚无

我相信，那只跟随我们

并为我们引路的黑色蜜蜂

它的嗡嗡声（那翅膀上声音的光芒）

把我们引到这儿。不仅仅

是出自一只蜜蜂的本意

……那些消失的烟波，由远而近

哑寂的朝钟暮鼓,由远而近

我脑海里

那一处

晃动的幡火……由远而近

从一粒黄沙

到另一粒黄沙,是多少凝重的骨头

沉向泥土的缄默

在这个高贵的下午。在苏巴什佛寺遗址①

断裂的台阶上

我肃穆、遥望。而我的心

被久久地取代着……

---

① 苏巴什佛寺遗址:苏巴什佛寺始建于魏晋时期,位于新疆库车境内。

楼　兰

我不想说,湮没,和罗布淖尔

如同月球表面一样的荒凉

那无法转动的岁月的木轮

——楼兰,她是贵族的少女

她有着完美的死亡

她在劫难中

获得血、思想和一副美玉的脸孔

我们走近她

那些透明的沙子,废墟中

一个少女身体里巨大的棺材

她高深莫测的身世和一枚睡醒的化石

楼兰,是有毒的少女

谁爱她,就爱她思想里的苦难

就爱她沉郁的死亡气息,爱她香料

包裹的高贵的骨架

——爱她残酷的,那些逃亡

一个姑娘和玫瑰的坟茔

小河公主①

夜色,那里悬着谁的忧伤

谁的即将干涸的泪泉

她说:西域,埋着她的前世的尸骨

她说:西域,埋着她来世的尸骨

埋着……石榴花、雨,她写在黑发上的诗行

她身体里不幸的血

和葡萄丛里她郁葱的墓碑

她爱着西域的美酒,那些明媚

---

① 小河公主:2003年出土于新疆罗布泊小河遗址的一具女性干尸。

琥珀,舞蹈和修辞

她说:沙漠里的高山流水

她说:高坡上新娘的礼节和坟

不是想象的铁笼,她的海阔

孤旅、她诗歌的火把

在薰衣草紫色的花束……

(……啊! 黄昏,百鸟归巢)

她从来就是一节忠贞不渝的骨片

10月10日

风在一遍遍地洗　风在一遍遍地洗着厚土

将有多少　是我的感激

这是我第几次走过盐水沟　雅丹地貌

红山石林　和悬浮的布达拉宫

雾霭下　变幻莫测的山

神在那里吹着……一支无形无色的笛子

我在赤红的山体下　保持仰视

那高耸的没有生命的赤红

在它厚重的身体里沉落的盐粒

在低低地怒吼

那么多光　在沉睡

就像它们睡在我的身体里

没有一只蜂鸟飞翔得快　在这里

我的节奏也开始变慢

凝望着一棵雪松　我的心是肃穆的

我不渴求山门洞开　也不渴望凿空

更不想打扰山中安睡的神灵

我们这些被庇佑的人　从这里走过

我甚至　无法准确地找到一个可安放的词语

来替代我全部的感激

落日在奔跑的微粒上燃烧

从新疆到青海，我要记住的是一段路程
是奔跑得比流沙更快的光。是它们
即使在沉沉的夜里，也不肯打盹的神思

静谧啊！
沉默的是苍穹；沉默的是高贵的植物；
那沉默的，是高原傲视的神态

那……无尽的戈壁的海；
沙漠浩瀚的海；绿色波涛的海
苍茫……我的内心是漫过苍茫的海

我只听到呼吸，我忽然匮乏

我是失去语言的盲童。而我更真切地找到了

疗伤的词语

它再次承载了我的疲倦。我的绝望

我痛楚的幸福。白昼在荒野上燃烧

落日在奔跑的微粒上燃烧

龟兹美女

这是一具继续被时间风化的身体

在阴暗的房间

窗户也挂上黑色的窗幔

一只鸟，一只鸟空荡荡的叫声

穿过清朝的墙壁

当一个香料王国里沉郁的苦难

被"美"命名

你进入了更深的睡眠，散发古旧的气息

你褪下佩戴的珍珠和玉石

在攒动的波斯菊里，埋葬掉爱情

此刻，你比任何时候都匹配"龟兹美女"的称誉

我们试图解开的谜

与一条鹅黄的幔纱在一起,在博物馆的下午

……当你在虚构的典故里采摘玫瑰

天山明月

三生前,我策马扬鞭,驰骋人间

三生后,我辗转人世

只有辽阔的大西北配得上我的性格

只有慕士塔格峰的冰冷像极了我的孤独

丹霞之上,苍鹰翱翔

这生生不息的荒凉,托起大西北

悲壮的落日

三生前,我远行西域

瀚海的沙浪如同宏大的叙事

三生后,我不为君来

只为一轮天山明月,穹隆下

一张诗人的脸

我在齐鲁大地寻根问祖,在华北平原
结下姻缘,在亚欧大陆腹地
孕育儿女

沙海,世上最大的襁褓
只有塔克拉玛干能摁住我三生三世的孤独

名词彩南

是什么样的人穿过风沙

用穿过荒凉的眼睛找到词

是什么样的人翻开砾石,取出寂寞

彩南,是准东油田某个石油基地的名字

而在彩南,我去了滴12

它是一个井队的名字

班组的人说,井队附近有一眼泉

所以用了"滴"字

多美的词啊!

没有悖论、尘世、我们、你们

在广阔的荒野,古尔班通古特沙漠深处

"彩南""滴12"这样有温度的词

被月光一遍遍地照耀

被照耀的,还有彩南人的情怀

和他们静谧的孤独

就像今夜,月亮把北斗七星照得锃亮

神 木 园

这里的任何一株植物,都使我保持沉默

这里的任何一株植物,都胜过我的词条

在神木园,我看到什么是拔地而起的日月之精华

天地之悠悠

这些怒吼的树,匍匐的树,飞翔的树

相爱的树。它们身体里装满岁月的光

我不知道旋风树,经历了怎样的酷刑

树干被扭曲成放大的螺丝钉

我不知道千年神木用通体的白

要赋予我怎样的心经

我不知道无根树活着的隐秘

我无法想象,在过去的一千年里

树的世界

经历了怎样的"人生的苦槛"

幻　梦

起初,东方的月亮像一枚婴儿的耳朵
弥散的薄云缓缓走动

再看时,云中有千佛洞里的飞天
孤壁上的寺庙,从深井取水的人

而再看时,天空悬浮着太多的佛窟
月亮如一盏青灯

从库木吐喇千佛洞回来的夜晚
我才明白
一千年了,你仍眷恋我

角 落

想象几千里以外,阿勒泰的一场风雪
和被雪花淹没的草场。雪野里
移动的羊群
——和那个赶着羊群越过风雪的人

在阿勒泰,有着陌生的一切
当我从朋友照片,看到木栅栏
被风吹乱的枯草。阴郁地酝酿风雪的远方
我用足够的缄默,想念另一个地名

我将被替代。或者,我的从未抵达
正是永远的出行……地图上的阿勒泰
宁静如塔。只有,萨吾丽发卡上的兰草

从塔顶飘过阿勒泰金子的香气

如一只黄蝴蝶,扑扇灵动的翅膀

阿勒泰,不仅仅是一个名词

在穿过它身体的寒冷里,你将唱着怎样的民歌?

一个少年,牧绳上的沧桑

在阿勒泰的角落

寻着……荨麻微弱的呼吸

那么多有星星的夜晚。阿勒泰变小

就是一支蜡烛。它再小,会是谁的笔尖?

风,吹过乌拉斯特萧瑟的河谷

你写到鹅喉羚在风雪中哀鸣……

我知道,那是吉木乃的冬天

是冰雪和词深处的冬季

车过玉门

这个从古到今被诗人写尽的地方
蒙着黄沙,陷入某种深沉的回忆
这是一辆从京城开出的火车
它像一条轰轰作响的河流
从玉门厚重的身体,从长城的一侧
驰骋,远去

在玉门,我不知道饮马滩。不知道
温暖如母亲的阳光。而我同样看到了
无垠的绿色……我们永远钟爱的、走到哪里
都相似的土地……

我坐着这辆火车,我的脸贴在窗玻璃上

（跑得再慢些，让我看得再仔细一些）

那些烽火，我舞剑的先驱的身影

这是一条疾速的、历史的河流

它要到达的地点是新疆

而现在，远去的不是我，不是玉门

是时光和那些徐徐降落的黄沙……

落　日

这跟一片废弃的向日葵地有关

这不是收获的季节。我必须再谦卑一些

请佛宽恕

我只有骨头的高傲

（……我必须再谦卑一些）

在洁净的生灵面前

在这些凋谢的向日葵面前

我心里含着雨水的紫丁香

和我一起回到秋天吧——

那少年的向日葵，那葱郁的蛮荒

我那贫穷的含着泪水的童年

德令哈,给海子

今夜,你在柴达木安静地入睡

今夜,所有的乌云都蜷缩在唐古拉一角

今夜,我只想是高原的驼铃。我们的神

在凝望永不枯竭的雪

请唤我的乳名,已经很久

没有人叫出这样的温暖,今夜

我要卧入你荒蛮的怀抱

无眠。无限的阳光和辽阔的爱

有雪豹凄凉的哀嚎和它的孤独

那些迂回的足迹,女性心灵里柔软的戈壁

今夜,有星星一样美丽的忧伤

风从德令哈的柴草旁吹过

我们听:柴门咯吱作响

这是最后的一片月光,我们的好兄弟

今夜,你在德令哈

"这是雨水中一座荒凉的城"

夜色朦胧,月色朦胧……

流　星

一颗、两颗、三颗……

在喀纳斯,我们更近地接近了夜空

每个人都看见了流星。一架闪光的梯子

我的流星从内心陨落,在喀纳斯的夜晚

月亮金黄,月亮坐在山梁上

它不知道我在一个消息里

坠入的失落,而它已经等了我十天十夜

只为了在我身体里筑起一座寒冷的庙宇

你说:

诗歌解决我们内心的困境

一匹马和一条鱼听到了我们的谈话

有关诗歌、马头琴、酥油茶

和意象

然而,那么多星星的死在继续

并被雪看到

节　日

沙砾敲击答腊鼓

雨滴敲击荒野里的石头

赛马　斗鸡　刁羊　翻动纸牌　跳顶碗舞

啊！孜然　奥斯曼草　羊皮气息

蠢蠢欲动的是大地

铁锅里翻滚的是诺鲁孜饭

在临时搭起的赛场　沉寂的荒野

彩旗鼓动

高大的麦盖提羊披红挂绿

白马"来了"　身穿海蓝色夹袄

放鹰人的胡须像白银

花瓣　梦境　节日闪电

疾风在马蹄上升起

啊！苏乃依　纳格拉　冬巴克①

我们在漫长的白昼唱暴雨般的夜歌

①　苏乃依、纳格拉、冬巴克:维吾尔族乐器。

沙 尘 暴

转瞬,它把天空压低

天像是被捅了个洞,汹涌着漏着沙土

垃圾袋、枯枝烂叶、孩子的尖叫声

在风沙中回旋

龟兹更像它自己了

在一阵紧似一阵的沙尘暴里

像是绝尘而去的马匹

又像击鼓而来的飞天

火　焰

我没有一棵胡杨的情操

没有它朝上的灵魂

没有塔里木的哀婉

（杏花、十二木卡姆、沿街的铁匠铺）

当风穿过玉石街

我看到

　一把萨塔尔琴举着火焰、悲苦和爱

奔走相告

热斯坦街

这些雾霭一样的尘土
密密悬浮。一辆疲惫的驴车
一个孩子跑过,一个掉在地上的声响
就带来它们的重生

这些不再被束缚的生命,他们曾是
热斯坦街上忙碌的铁匠,打馕的妇女
弹热瓦普的老人

此刻,这些在尘世里熟透的生命
正看着落在屋檐上的星光
他们还在忙碌的亲人

风坐在路口向行人打招呼

那么多生命向灯火涌去,还有那么多生命

向星宿聚集

龟兹铜镜

一

她在晨露里吐纳神灵的呼吸

在天空和大地的蓝里

打捞闪光的沙砾

一叶舟停泊白银的塔克拉玛干

她用绿色装扮音乐的顶棚

她用舞蹈唤醒石窟击鼓的飞天

她,是禅宗里镀金的圣像

她,是缀结在丝路上一枚闪亮的铜扣

二

我仰望过,俯视过

龟兹的血液,龟兹的气质

在二十四节气里用二十四种方式

这沧桑的老者,血气的汉子

古典的少女。何时

我的血管里注入了你的成分

而我们一起

在天山雪神的泪水里

洗去浮华、尘埃

三

河流,星月不朽的银辉

我必然记着一次历史的伤痕

战鼓、马嘶刺伤夜晚的胸膛

库车河母亲般地缓缓呢喃

远去的夜啊

为我斟满星辰的杯盏

让我醉去，在布满星斗的海洋

四

我更愿意说：她是古典的少女

穿着亚麻色长裙的女子

她有着中原、印度、希腊、波斯的气质

雨水、雪、伟大的太阳神

锻造她的意志。一副明净的面容

驼铃是亲人的信使

而我，愿是她长发上的蓝鸢尾

五

长风、白沙，如海浪般安抚陈旧的竖琴

白鸽盘旋，鼓声迂回

她比我更懂大漠孤烟的苍凉

十二木卡姆的蕴含，一座城池的

悲伤和欢欣

今夜，我只想枕着黄昏玉枕

收拢夜的寂静

六

克孜尔,我要走进苏格特的沟谷

我要在天籁交响里借繁星的眼睛

以女性的忠贞,在大地的斗篷上织下爱情

伽蓝的风,摇动传说的经筒

今夜,泪泉的遐思

在星辰上走动

今夜,所有的魂灵将无法安睡

七

太阳

燃烧的火

环抱金光、影子飞舞

沿着玄奘的足迹。袈裟已远

苏巴什古城久久召唤

向前,一条普度之路

向前,废墟上立起琼楼玉宇

八

大地苍老的手掌

托付生命的尘土

干枯的玫瑰,草

麻雀失去歌喉的正午,一只只

向上的乳房爆发石头的热量

雅丹,这欲望的坟茔、鹰的骨头

这手纹里的雨水、草籽和遥远的牧羊人

九

这是唯一的守候

没有人知道她的孤独

她的傲然

暗红的肌肤,如同永恒

在克孜尔尕哈烽燧

霜寒再度加深她的苍老

十

鼓声响彻

是谁的萨塔尔日夜不眠

是谁在古老的乐器里声带嘶哑

在龟兹古都,歌者如行走的星辰

赞唱

一堵风沙雕饰的城墙

一只荒凉的罗盘

一树去年的杏花

一条鱼的飞翔

雾霭使一滴水的焦枯

成为白哈巴的雪。此刻,我们正通过

词语的丛林,幼兽的眼神和红杉木的设防

雪,白得蔚蓝

在中哈白色的界碑前

寒冷成为一种善良,一个女人的日记

而我们有着相同的爱情、忧伤和孕育

哈巴河给了我一幅盲文的手稿

当我们用右手举起酥油灯,左手抵挡风寒

一条洁白的哈达飞过白桦林

和雪豹的睡眠

在更深处,一条鱼的飞翔

险象环生。一条鱼的飞翔成为某种可能

群星向河底密集

我向一条街的蔚蓝招手

树杈上的灰雀转了转眼睛

苏俄风格建筑临风而居,它的女主人

走到窗前又转身离去

隔着纱帘和幽蓝的夜色,我想象了她

一首萨满的情诗

节日的雪花从布尔津升起

那些收拢着翅膀的萤火虫,飞过楼群

和梦境

我看见布尔津河底

哲罗鲑背脊上闪光的鳞片

我看见

水草摇曳,群星向河底密集

赛里木湖

赛里木湖，这是你赐给我一个人的盛宴

整晚，你用冰凉无声的喘息

亲吻我⋯⋯白色帐篷中安睡的女儿

在梦境里，或者这并不是梦

我向你走近

   一直，向着远方、隐约的白

牧场还没有醒来

你多像一位寒冷的母亲

我将是第一个抵达者，我将是你最冒昧的孩子

你终于用晨雾拥抱了我

这是第一次，你用寒冷抱紧寒冷

而我们内心的火焰,在黑暗里

熊熊燃烧

鸦雀无声,穿过声音的锁链

一只白色的海鸟

落在你微蓝的发髻

我走在柔软的沙上

就像你送我步入婚礼的殿堂。我们哭了

那里,是我们共同的"家园"

怪 石 峪

这些石头的犄角，似要刺破天空的蓝
使山间的生灵披上墨水的长袍

在怪石峪，我不知道它们来自何方
又去往何方……
一具布满伤痕、被风干的身体
是否仍含着一颗忧郁的心

我起初的喜悦
被山脊挡住了去路。那些
微微张合的嘴巴吞下苦难的链条

阳光从天空泄漏下来

将一个走失的石人，一个迟暮者

安放在绿荫中

我凝望着它们，我凝望着

它们的时候，怪石峪的石头全都复活了一次

空中草原

都拉洪,你一定是我悬空的摇篮

那里,白色的哈达上

住着花朵,住着蒙古长调里

悲怆的泪水

我是一个失去故乡的人,在都拉洪

我正接近神圣的宁静

我一次次地靠拢

又一次次远离。我没有一双鹰的翅膀

请给我一株植物的眼睛

那么多时光,站在都拉洪。一动不动

那么多椒蒿

一动不动

移动的是天上的云朵

地上的羊群

和山坳里的炊烟

都拉洪,只有太阳的明净

月亮的忧伤配得上你

盛　典

如同节日的盛典,两匹枣红色的蒙古马

披着银白的月光站在琴手旁

它们鬃毛发亮,目光纯净

这是赛里木湖的夜晚:鸟翼稀薄

风向温良

星辉点亮了神安放在蒙古包上的眼睛

此刻,我的心和湖泊一样辽阔

爱向着星群迁徙

我走在我的分支上,水滴一样

离开狂欢的人群

在海拔2073米的高原上,我与神挨得如此近

喀 拉 峻

在喀拉峻,我必须回到童年

回到毡房的摇床

回到一缕炊烟和游牧部落的交谈

在你张开的元音里

我像一个刚刚发音的牧童,把玩着先人的铜壶

我身上散发着奶酪的膻甜

我坐在笨拙的松木马车上

我的内心没有一丝阳光照不到的地方

那……盲歌手的家园

那太古的积雪、奔腾的马群,那老牧人的拴马桩

……那父亲的哮喘

喀拉峻,我不知道

越来越瘦的风穿越在多少时光之中

而这忽然的坠入

又是怎样的邂逅和归途

青河巨石堆遗址

一

在有序的时间中，你是无序的

在变幻的空间里，你留下星宿般的轨迹

在众说纷纭中，你仅是你，一个石族的宇宙

2600年——

有人说，独目人来过，有人说外星人来过

有人说你是"通天之地""太阳神殿""麦田怪圈"

有人猜你是成吉思汗寝陵

石块上珊瑚一样的地衣，鹿石上神秘的"天猎"图

在传说和考古的证词中，你缓缓转身

项间的珠链白玉般响动

二

2600年——
是谁的手搬运你,搬运内心的丰碑和信念
是谁的喟叹在星空回荡

在三道海子,高山湖泊的流水是静谧的
草场的辽阔是原始的,牛羊的眼神是安详的
我们获得的美德是神圣的

我是一个从岸边抱来石头的人。我想
你看到了我的虔诚
在广阔的洞悉里,风吹了几千里又吹了
几千年

三

在这里,你由多少石块组成就有过多少忧伤
石头间有过多少空隙就有多少未解之谜

在这里,遗骸、丝绒、器皿,任何一件古老的物什

都是通向古老的光。我们走近

没有人知道,真正的巫术

没有人知道,在巨石堆前我想起了什么

时间告诉我们

一切都会成为过去,你抿住嘴

身体里松动的裂缝消声器般近乎完美

四

如此宏大的信念!

独目人或塞人,用堆垒石头的方式

证明存在……曾是亚欧草原的主人

他们崇拜太阳和石头,用鹿石记录狩猎和恋爱

相信它通灵天地

他们崇拜男根,忠于繁殖

且骁勇善战,像豹子一样奔跑

公历平年秋,我从库车来到青河

三道海子已是百花凋零,枯草疲倦

风接近凛冽,它曾吹过塞人的毛发

独目人失明的第三只眼睛和他们禁闭的王宫

他们在盛大的祭祀中消亡,咒语般归于宁静

如此多的石头就像如此多的法老

在静静地祷告,在他们内心的法庭

五

秋分之后,大雪将至

切特克库勒湖、沃尔塔库勒湖、什巴尔库勒湖

缓缓流向乌伦古河……

牧人赶着牛羊、马匹离开他们美丽的夏牧场

河流返回安宁,像祖先一样纯净

雪从阿尔泰山陈铺下来,没有一丝尘埃

在无限的白中,我获得一次空白的转身

就像一张白纸没有写一个字

我从来没有经历过一些事

月亮升起来,星宿回到天上

三道海子归于神明

六

石头里的太阳

石头里的星月

石头里的白鹤

石头里的麋鹿

它们分别是光芒、银辉、飞翔、心跳

它指向"万物"和"崇拜",指向某种神圣

当我用手触摸它,与2600年前的

雕刻师相遇。当我长时间抚摸它

古人的思想像水雾一样在草场上弥漫

…………

白鹿如雪,黑鹿如夜

它们奔跑,就像白天和黑夜

2600年后,我们在青格里相遇

草场碧波涌动,河流铺满群星

我从梦里逃进石头

我们曾度过一夜

七

麋鹿飞回宫殿,斯基泰人消失了……

在阿尔泰山我对鹿石表达敬意

学习他们对"向死而生"的参悟

相信石头不开口在说话

伟大的时间,我来自龟兹

像一页残卷供养一首诗

当一页残卷遇见另一页残卷

我们共同供养的诗,睁开智者的眼睛

八

我们将得到庇佑,成为吉祥的人

在这里,我什么都没有留下

只留下三句诗行

"我们都有一座寺庙,用于修炼孤独"

"在这里,我获得的安宁胜于慰藉"

"你用古老的忧伤,医治了我现在的不安"

第四辑

时间之旅

越来越像我的母亲

我越来越像我的母亲

对着阳光打盹,在晾衣绳上抚平绸缎

河流、琼枝玉叶都在我的身体里

我的母亲也回到了我的身体

我们打盹,摊开双手

那是北方的雪花

看不到酒馆禁闭的红漆大门

丰收的乡亲

咀嚼着油炸花生米。从这里经过

丢下啤酒瓶。咣当一声

又俯身捡起

我眯着眼睛看他们,就像阳光眯着眼睛看我

这些走进生活深处的人

当我这样想

我就越来越像我的母亲

世界知道我们

我走出墙壁，我退回墙壁

从职场到拥挤的早市，我看到

纷杂、混乱、言不由衷，从一副面具

到另一副面具

为了打折的柴薪，身体像吸足水的海绵

世界原谅我们的影子，它原谅

肉体的罪恶，空气中的虚设和妄想

"世界知道我们的阴谋"

它知道

骨头的穷沿着锁骨向上爬，直到嘴

三十二年后，在一寸一寸缩短的光阴里

我渴望成功出逃,渴望夜无白昼

而世界知道我们:

昼伏夜出的生灵,舌尖上的火焰和冰刃

……我拉上窗帘,世界也知道

我房间的太阳

荨 麻 草

那个把荨麻

写成家园的人

一定是把自己和荨麻放在一起的人

他和它们

一起涌进城市，偶尔

伸出试探的蜇毛

谁会在意一片蝎子草的命运

活着，或者死去

那时，风刮得不大不小

他坐在半坡上，望着荨麻地出神

就像他在用荨麻草的锯齿割下一小片时光

现在,我在我的阳台种着荨麻

就像是种下一种愿望

种下那些时光里的年轻

和一个个没有屈服过的命运

人　海

在茫茫人海中，你看不见我

看不见我的忧伤，看不见我此刻的无依无靠

我是谁？

我握住稻草，就像油灯握住捻子，每一次

孤独袭来，我都捂住胸口

我看见捂住胸口的人。不止我一个

我没有理由抗拒

这世上没有比孤独更快的滑雪轮

我接受着。像生者接受死者

而事实是我们医治不了生活的偏盲症

在茫茫人海中，我看不见你

看不见你的茫然，看不见你和命运的

赛事，看不见你微不足道的成功和虚妄

我看不见你骨灰般的苦难

我们看不见，看不见你、我、他

无数的影子、无数的空壳

朝向一个深渊

大海给了我什么

一坐上岩石,你就眺望到自己的一生

你听到幽深的海域,独语的生灵

欢愉而静默

你从未像现在这样

澄澈、笃信

人生在你出生前

就是一个又一个潮汐,你接受她们

向一片海湾打开另一片海湾

就在这个早上

你目睹东方日出的辉煌

还有欣悦的孤独,太平洋的肺叶

而那些裹挟你的不再是忧郁和绝望

"大海给了我什么

我已找不到比这更好的理由"

话　题

在南方,你有新的标签

学生的掌声纯粹到位

教授,我们谈谈暴雪

它和塔克拉玛干都是名词

树叶已落定,万物在现实和抽象中

对弈,在语言中和解

四点零三分,星辰在细沙上走动

鸟儿飞进一些人的梦里

如此深意的冬天

暴风雪制造混乱,也制造诗

万物具备宽容之心

教授,我爱人民,而不是人群

除非孩子。这偏于一隅的爱

使我保有一颗离群索居的心

而"故乡"和"异乡"一样生僻

我的祖父埋在了山东德州,我的父亲

埋在了新疆沙雅

活着,他们天各一方。死了

依旧骨肉分离

这无法治愈的"分裂"

像陈铺的铁轨。我们滑、滑……向着未知!

祝　福

百年之后

我将是谁?

一块石碑

还是远望的塑像,当我的面孔成为青铜

我也请我的爱人原谅

我们相互的指责、愤懑

我没有那么聪明的头脑和世故

以及我总是局外人的身份

百年后,只有我们还相识

在花丛中笑

没有寂寞和活着时的无奈

你看,又有人来看望了,我们依然

像活着的时候一样,受到关心

我们的女儿和外孙

我们的朋友和活着时不认识的人们

好好祝福他们！在时间这位大师面前

我们成为智者、安详的夫妻

两座血液相通的铜像

温 暖

一个温暖的下午,柳絮在温暖地飘浮
流水浇灌着绿化带,桑叶上的沙尘
在温暖地舞动

女儿在小区学自行车
她脸蛋绯红,额头上溢出细密的汗珠
很快,她自如地骑过第一个减速带
第二个,第三个
自行车轮闪光的辐条
照在樱桃树下觅食的母鸡身上

我竖起拇指对女儿说"你真棒"
仿佛是妈妈在对我说
那时,阳光在路旁挪了挪影子

给孩子们

孩子,天空明朗,寒暑无常

要惜爱每天的阳光

它公平地爱每个人

孩子,世道崎岖,我想把你们藏在臂下

没有惶恐和风暴

可我正渐渐衰老,终如佝偻的老树

怹忑、迟缓、木讷,在梦里傻笑

就像我的母亲

停留在我的身体里,再也不会受到伤害

"我爱你们"

外婆的爱便会在人间找到你们

孩子,请原谅我对你们的苛刻

甚至暴怒

请替我在世上继续宽容遇到的人

和孤苦的灵魂,并原谅这有罪的人间

给 大 姐

还没有为你写下一首诗

生活已把苦难的筹码压在你的肩头

大姐　我什么也无法说出

你是父母不识字的女娃　那个山中

梳着乌黑辫子的采药姑娘

而今天　躺在病床上的是姐夫

他的大脑正被血压迫着

你依然平静　把所有的悲伤锁在眉宇

我看见你稀疏的发间

穿插斑斑白发

大姐　我的大姐

在忽然寒冷　风扯开枯枝的同时

你面对着轰然倒塌的悲凉

要怎样度过寒冷漆黑的夜晚

要怎样熬过一分一秒

那天昏地暗的灾难　在我们的父母

离开十一年后　再度发生

大姐　我从来没有想到

这是我为你写的第一首诗

除了饱含泪水　喃喃自语

我什么也没有留下

大姐,你说过

"我们要一直走下去"

瞧,霜花正松枝般蔓过车窗

姐　夫

六十一岁的姐夫被推进手术室

主治医生说癌细胞局限在一小块

不能错过最佳治疗时间

昨天,妻儿在病房提前一天

给他过生日,我已经很久没有见姐夫了

他的头发因化疗而剃光,坐在病床

饭桌前的是一位瘦弱的小老头

照片是外甥媳发来的,照片上的姐夫

就像是照片生了病,硬生生地痛

我想起,年轻时姐夫穿白衬衫

头发侧分,这个自学成会计师的知识分子

娶了不识字的大姐

外甥打来电话时我还在上班

说医生打开胸腔又关上了，手术做不了

电话那边三十来岁的外甥只说了一句话

我知道他想哭或者在哭

姐夫，一个人要受多少难

才算完整的一生，一个人要经历多少痛

命运才肯放过他。其实

时间一直在发酵，只是我们没有察觉

王 大 嫂

她旁若无人　捡起路边的矿泉水瓶子
脸上涌起按不住的喜悦　一张被岁月越洗越黑的脸
瞬间绽放

她说　她是天生的苦命人
从小做人家的童养媳　可男人撇下她
走了　她又说
她重新嫁了男人　好日子还没熬出头
男人得了癌症
她又成了穷困潦倒的寡妇

我就见她日日在街道上穿行
弓腰　蹬着一辆破旧的三轮车

左一下　右一下

始终握不稳生活的舵　她的头发很长

总绾成疙瘩　像是把日子打成的结

我不信命　可在收废品的王大嫂

面前　我不敢提命

还记得那天　她坐在婆家的院墙外

拿着破纸壳扇凉

我坐在她对面的小凳子上　听她讲

语调像是在说　一个与自己毫无关联的人

离　散

最近我常想到"离散"这个词

想起母亲在院子里搓苞谷,她晕倒的时候

我们都不知道这是离散的开始

母亲躺下来休息,我们以为她只是想多睡一会儿

多么不孝。这些年

我一次次地写,想让负罪的心

稍稍获得安宁

还记得那年

高粱疯长,我在放学后拔苦苦草

乳白的汁液从根茎流出,像是倾倒多年的克制

生活的苦嵌入中药的苦,可母亲从来不说

直到"花朵透明,百鸟成凤"

现在,她一辈子都没有说出的苦

憋在我心里,像一只驯鹿

而我失去了放走它的勇气,即便这苦

常常让我感到窒息

光　阴

父亲一辈子都在种树

栽葡萄、种白杨,在水渠边插柳

把树种进荒芜里,把树种到月亮上

树越长越高,我仰望的时候就想起

父亲越来越弓的背

多年后,他在土壤里开花结果

我们兄妹却悄然不知

哥哥说父亲种的树

足够盖下一处阔气的院子。"大梁和椽子

都是上等的材质"

我却想起父亲隆起的肋骨,那些孤独的肋骨

大梁和椽子一般的肋骨

想起母亲离去后,父亲孑然一身的晚年
如静静的河流。他一定日日数着那些缓慢的光阴
像数着越来越近的死亡

清 明 诗

这是第几个清明　伴着远去的春光

我在灯下写信

信纸一页页翻动　就像是从记忆里翻出悲伤

我知道　每逢此时

大地也把克制的悲伤一遍遍释放

我一如既往地买回纸钱

对我来说　是对自己　和你们唯一的慰藉

如今　我已经没有一滴眼泪

来宽慰自己　面对越来越矮的坟茔

我不知道

我们谁的世界更虚空

"妈妈 我们谈谈心事吧"

那时候 你和父亲总说

"谁先走谁享福"

可当我看到 活着的人为离去的人伤悲

我不知道另一个世界

是否知道

"我们绝望地活着……"

寄　书

父亲,在你认识我之前

我就认识了你

穿过一片松树林我看见过你

用劳累的身体继续劳累

铁锹锃亮,每一次挥动

都有一道闪电穿过松树林

松果在秋天炸开,而另一个声音

在你身体里呼唤

那些黄昏、山坳、伐木声

松树林从山脚一直绿到山顶

雪冠光芒四射

父亲,在你认识我之前我就认识了你

否则我怎么熟悉你的哮喘,你的风湿

你一生都没有戒掉的旱烟和那些未曾出场的时间

雪　墙

雪每下一遍

父亲就铲一遍

从屋门到院门,再到路口

父亲铲出一条路,两边的雪墙越堆越高

屋顶的冰溜子越来越长

整整一个冬天,父亲都在铲雪

整整 个冬天,我们困在山坳里

雪淹没了我们的村庄,只有屋顶的炊烟

证实村里还住着人

偶尔,父亲骑马出去驮回冻僵的白菜

还有一些带壳的花生

因此,我的心里会燃起暖暖的火苗

那年我四岁,时常看着没有尽头的雪原

流眼泪,母亲以为我得了眼疾

但我并不知道我为什么要哭

母亲和大姐一直在纳鞋底

他们像是我的父亲

他们像是我的父亲

坐在路缘石上打盹的样子像是我的父亲

暴突的关节

握住铁锹把的样子像是我的父亲

在一阵比一阵密集的热里

在汽车粗暴的喇叭声里

在我第一眼看到他们，就看到了

像我的父亲

一样的苦难，像我的父亲一样的隐忍、克制

我熟悉

这古铜色的脸膛、这鬓角银丝上的汗滴

这十五年前的画面

他们多像我的父亲

在这世上继续劳作的父亲

我想，你一定不知道

阳光正像麦穗一样穿过父亲们的肋骨

笔 架 山

总觉得欠你一首诗

有关寺庙、传说、英雄再世

隔着万里云雾

在天台山、无量山、九龙山、兴隆寺

焚香、许愿,让世人都平安

拾级而上,鸟鸣翠绿

每上一阶都远离一次世道

在时间容器里

膜拜静默的古典

草木为"儒",流水为"道"

山石为"佛"

一个远道而来的香客

在笔架山，身上的夙念卸下九成

在"众妙之门"，度自己，也度别人

一念一念

若再择,就择有香火的地方

推窗听涛声

花开、鱼游、清风拂面

往后余生

听朝钟暮鼓,抄诵心经

让布满尘垢的心,一次比一次干净

雨落人间就像一只敲木鱼的手

我的心和我的脸庞一样素雅

善意之处,一念一念

语　序

事物有着两面性,花瓶传来的恓惶

我种苹果树,造孤岛,虚构庞大的家族

悲苦、欢欣、抑郁、平和

在词的道路、词的国度、词的界碑

词昏黄而蔚蓝,词从句子坠落

词返回枝头,大雪将至

空啤酒瓶

谁曾喝它，握着瓶颈或瓶身
谈论过什么，想过什么
用什么样的姿势或表情

半夜，两只空酒瓶在我室外的鞋柜上
在空荡荡的楼道。像一种思想

它替谁留在这里？为什么声控灯下
充满后现代忧愁，为什么恰巧我看到它？
淡淡的光影与白色的背景墙
和右侧黑色管道，恰好的角度
这一切，刚刚好

而第二天清晨

白色鞋柜上空无一物

赋　予

你看到生命的本意,绿色正漫过

心灵的山峰

你剔出体内的风暴,在植物的神谕里

你想象了自己。楝或海桐

现在,你们一起出发

"一棵树就是一座森林

一座森林就是一部启示录"

在植物的静默里

神也是静默的,而神赋予你的

也是静默的

在流泻的时光中

你是静止的,在沙漠和圣湖的简史中

你接受教育

"我的心略大于整个宇宙"

为此,你敬畏静默之声

为此,你对鸟兽的眼睛深怀悲悯

纯　粹

它黑得纯粹，没有一丝杂质

你看它蹲在白杨树上的样子

多像一团浓缩的黑夜

在它简单的叫声里

一声没有内容的"呱"，因为没有内容

而令人沉迷

在城里每一次看见乌鸦，我都会想起乡下的乌鸦

老人们说它的叫声不吉利，直到现在

听到乌鸦的叫声，我都会生出一些恐慌

但我越来越渴慕这熟悉的恐慌

一些冬天，几只零落在白杨上的乌鸦

我的祖父,相信星象和占卜,我的父亲

相信神住在屋顶,我的母亲

曾从村口带回无处可去的老妇人

有一次,从结冰的菜园带回受伤的白鹭

我固执地信任,记忆的教育

不亚于我受过的全部教育

就像一只乌鸦的黑是诚实的,一只乌鸦的黑

是干净的

一只乌鸦的黑,从来没有动摇过

如今我们不谈诗歌和写作

如今我们不谈诗歌和写作

生怕物欲横流的利刃一下就把我们切成两半

有时站在窗前，看白昼轻而易举地吞没夜晚

生怕树荫一出现，世上包容万象的爱

就参差不齐

很多时候，我像个潦草的厨娘

一边烙饼、一边咀嚼新鲜的大葱

乡下的气息绿蔷薇般涌来，我满目春光

借着穿堂而过的清风

向过世的父母谈谈文学

更多时候，我读书、思考、自言自语

我们对话,从夜晚开始,在清晨结束

心魔、我,混沌、清澈,较量、言和

对抗、顺从

并非我甘于世俗,只因为要爱的太多

一想到

要把爱和痛重新码过一遍,就足以白发飘雪

这世上,就没有什么值得去悲愤了

就在此刻

当我从这座小城走过

风沙又一次点亮了白杨的叶子

天空，一片薄瓦的蓝

收留起苦难的雨水

我喜欢上透过树的缝隙去凝视太阳

它一定会爱这个羞涩、怯怯的女人

像爱一个流浪汉那样

直接而憨厚

我喜欢上那个小工一岁的女儿

她全然不顾在水泥、地砖间忙碌的母亲

朝向我，喊妈妈

她的眼睛明亮如清泉,仿佛我就是她前世的妈妈

我忽然很需要一片坦荡的大地

麦田、桑葚,道路

每一次拐弯,我不再被遮蔽的眼神

我沉郁的忧伤也向你一并晾晒

就在此刻,在很远……我向你说起

一个背负宿命的女人尝着苦艾赞美生活

这是她一生投奔的温暖

你 俩

我一个人走路的时候，会想起你俩
我们就这样走着，到很远的地方去追地铁
那时，我不会用高德，不会用百度地图
现在也是

我们常常坐最后一趟地铁赶往住处
看都市的灯火一拨一拨暗下去

有一次，夜晚我们沿着秦淮河返回
走着走着，路就伸向一处庭院
我一直以为，我们走进了幻觉
又从幻觉走了出来

我们就那样走着,穿过好多个古镇

嚼着馅饼喝下米酒,等黄昏后

灯光亮起来,古镇回到它自己

我们像是找到自己的影子

有时候,我们在人群中走散

用共享位置找到对方

跟黄浦江道别的那天已经很晚了

我们就那样凭栏而望,江风就那样吹着

就那样看水来水往,就那样不言不语

在办公室想起你俩时,我会捏紧水杯

去最远的饮水机接一杯水

尕勒的繁星

你喊我小丫头,那天也是

我在雪里朝你说的方向走,你说

"嘿,小丫头,你要去哪里?"

"噢……"

你说"噢什么,我,于雷,怕你找不到

过来接你"

这个高个子男子,黑色皮衣、黑色皮手套

像是忽然从电影里走了出来

我看到那双独一无二的眼睛,像灰蓝色的

海域

七年前,在摄影培训班

你叫我的名字

"看,就是这个小丫头

总上头版头条的小丫头"

我又窘又蒙地站起来,你肯定不知道

我在你的课上写诗

(请忍住笑)

你讲过的重点,我一项没落下

那时你不知道,我可以神思分离

不知道,我用诗歌的感觉来拍照

那天你知道我在乌市时,刚刚从村里返回

你说要见我

我知道有一种语气叫不容拒绝

你说起村里有趣的事,让我看你在乡村的摄影

晨雾中犁地的拖拉机,秋收后的麦田

后来,你将一只纸袋推给我

"小丫头,这是给你带的甜点"

已经好久没有听到有人叫我小丫头

请保留这个称呼,人到中年的小丫头

　　银丝如雪的小丫头

　　今夜,当我凝望夜空,想起你的眼睛
　　那双像星空一样的眼睛
　　在叫尕勒的村子里,是不是也在仰望
　　尕勒的繁星

女雕刻师和流浪小猫

它的眼睛里有危险的悬崖、灰色的海水和
身世的炎凉
两天，一个妇人爱上它，就像爱另一只猫
（一只叫黑妞的老猫，陪伴过她的孤独）
她为它洗澡，就像抚摸年幼的孩子
它是她的另一种艺术，间或缺失

她为它起名，富贵的、网络的、萌宠的
在最后离开的夜晚，流浪小猫
坐在女雕刻师的拉杆箱上哭泣

它依恋它的故乡，在练塘流浪的亲人
"做一只乡下的流浪猫是幸福的"

从练塘到上海市的路上
一只年幼的猫第一次患上怀乡病

可她来自遥远的塔什库尔干,有着漂亮的
雕葫芦手艺,她雕葫芦也雕自己的人生
就像悲剧和喜剧的部分。现在,她
像是雕刻着一只猫的命运

她为它联系到新的主人
华丽转身近乎喜剧
就在它成为成年猫的这一天,最后回望了
院中"女神"静美的眼睛

在它失踪后的第十七天,练塘明代的石桥下
一只黑色的流浪猫弓背嘶鸣
"它的眼睛里有危险的悬崖,灰色的海水
和身世的笃定"
…………
她雕刻它,在她晚年的侧影中
它仿佛睡在她的怀中

寒山寺行

去寒山寺时,已经过了零点

空荡荡的夜色里,月亮和寒山寺一样清冷

站在枫桥上,我看着的月亮

是张继看着的月亮

吹过我的风是吹过张继的风

手扶石栏,我听到的涛声比河流更古老

在寒山寺,我温习一个游子的旷古之愁

在枫桥边,我效仿一个失意人的惆怅

在寒山寺的夜晚

我带走了一座古刹和它的钟声

寒山寺还是寒山寺,枫桥还是枫桥

只有张继夜宿的客船

在《枫桥夜泊》中摆渡，只是

人间又多了一名"苦行僧"

德 令 哈

从德令哈到敦煌的班车上

你写外星人的遗址、写高原兽的触角

被大荒验明的心

一首飞越几千里的诗

落在南疆的雨中

德令哈

那个一提到就让人心碎的地方

生长着海子的姐姐、乌云和复苏的河床

今天,我在我的异乡

在我死后的故土,想到诗歌

想到一点一点老去的容颜

和远方的夜空,想到你不露声色的孤独

词语的疼痛从内心开始——

我们多像滚滚前行的列车,永远没有抵达的长站

然而一个人的生命里

有多少无法预测的玄机? 你和我,都将在百年后

得到那个答案

雪 域

我已来到慕士塔格峰的脚下
看到了雪域一样美好的名字
我的内心像峰顶的雪一样纯静

黑牦牛缓缓走过
这些被神一再恩赐的生灵啊
把雪域照得更亮了

我们每向慕士塔格峰靠近一次
肉身都会变得轻盈

但我走得越来越缓慢
怕我在尘世的脚步
惊扰了雪域的神圣

遇见奥普坎

住在胡杨林的阿里木

在晚霞中捧起塔里木河的水

他讲起母亲的卡盆,离乡的伙伴

他讲起走失的小羊,姐姐的眼泪

奥普坎,我从不哭泣什么

却在坠着枯叶的胡杨林泪流满面

我不知道,起起落落的沙雁

像流沙一样舞动

向我寓意着什么?

一个村落的名字和逆行的光

父亲的马灯和胡杨的年轮

我知道在奥普坎,忧伤比阳光更明亮

童 谣

现在,我宁愿做一个稻草人
让向晚的风吹着我受伤的身体
是的,我裸露的伤口
好与星星作语

我同样也与偷袭的麻雀交心
告诉它,这个季节
是我的春天

还有
一些小虫子,别在白色的玛瑙上跳舞
给你我的笛子
吹一支日落的曲子吧
那太阳便落了

从未停止

从斯腾伯格那里，我知道了

爱也会过期，从仓央嘉措那里我知道了

爱是永不凋谢的优昙婆罗花，从李叔同那里

我知道了，一半痴迷，一半释然

我读萧红，也读张爱玲

读伍尔芙，普拉斯，以及终生未嫁的奥斯汀

她们都曾在作品里

恋爱，也幻灭。让一生动荡不安

在火车站，我看到

杜拉斯回到简，她混乱的生活

在写作中得以平息，没有谁能偏见她

酗酒的灵魂

杜拉斯,用一条河的名字

度完余生,而她的写作从未停止

渭 干 河

没有比流水更动人的声音了

此时,一个把涛声听进内心的人
比河底的石头还静默

渭干河……与最荒凉的词和最葱郁的词在一起
我因为你……而懂得似水流年
也因为你……而懂得上善若水

清风点亮了沿岸的杨柳
良田运来春雨的好消息
渭干河,落日晒干的草场在静静返青
野马咀嚼着甘草回到湿地

一生,我遇到过两条河

一条是人间的渭干河,一条是天上的银河

附录：

评吉尔诗集
《我从未与世界如此和解》

吉尔的诗集《我从未与世界如此和解》从生命经验出发，升华了对地域的打量，以精粹和丰富的意象，凝视并捕获了从深渊中再生的力量，以扇面般的广度，呈现出了独特的光谱，是令人迷醉的诗性表达。她的每一首诗都仿佛是一朵自然的花朵，在我们熟悉又陌生化的语言中获得了璀璨的绽放。

——邱华栋，当代作家、诗人，中国作家协会副主席

吉尔生于西部，长于西部，这片土地养育了她，同时赋予了她美好的诗意情怀。她的诗紧紧与大地和生命相连，将这片土地上古老文化文明与现代诗歌相结合。她的诗开阔而大气，但又不失女性的敏锐与细腻，她把生活感知与自然万物有机地融入了诗歌之中。

我相信《我从未与世界如此和解》会是一本让众多读者喜欢的优秀现代诗集。

——林莽，当代诗人，白洋淀诗群、朦胧诗派代表人物之一。北京大学诗歌研究院特邀研究员，诗歌理论研究刊物《诗探索》作品卷主编

吉尔的诗中有龟兹那块地方特有的阳光与尘土的味道，既厚重又轻盈如灵。

——刘亮程，当代作家，鲁迅文学奖、茅盾文学奖获得者

吉尔这几年在诗歌创作上的进步，令我吃惊。稳健、扎实的结构，不急、不躁、柔中带刚的抒情，使得作品散发出敏锐、机智和肃穆的品质。而诗歌中最强大的力量，就是来自肃穆。吉尔的诗歌，在写作姿态上是放松的，情感释放是自然的，但是对生活的态度是很坚定的。有了坚定，才能有放松和自然；有了放松和自然，才有俘获读者的感染力。所以，读她的诗歌，很容易勾起自己的生活经历和情感经验，进而被带入她的作品中去，在体会她在诗中的顿悟时，往往会责问自己：这种表现力，我能做到吗？

——商震，诗人，作家出版社原副总编辑

因为拥有广阔的背景,吉尔的诗歌能够超越一般的小情小调,也没有沉醉于自怨自艾和自言自语,而是显示出视野的开放性和更辽远的维度,她将女性的细腻细致、西部的风情民俗和深厚的传统及宏大的场景结合得非常到位,呈现出越来越成熟的个人独特风格。

——李少君,诗人,《诗刊》主编

作为新疆的"土著诗人"和精神漫游者,吉尔聚焦于"龟兹"和"库车"的历史想象与现实构造,以"当代"视角和生命意志重新激活了地方性知识。诗人并未限囿于符号化的历史景观,而是以个人化的历史想象力和词语的求真意志打开了晦暗的生存褶皱并予以深度的生命观照与精神剖示。

——霍俊明,诗人、评论家,文学博士后,中国作家协会创研部研究员

吉尔的诗歌对于我,几乎是突然出现的,她一出现便显得如此自足自成,甚至远远超出了我对于一位女诗人的理解和概念。我更加惊喜的是,她诗歌语词的力量和跳脱,思想和情感的深入与力量,一方面包含了新疆这个独特的地域的丰厚,同时又不仅仅只围绕着那么一块土地,她整个的

诗歌生命肃然向内，却又呈现了一种沛然向外的胸怀与目光。

——梁晓明，中国先锋诗歌代表诗人，中国先锋诗刊《北回归线》创办人

吉尔是新疆诗人群落中的佼佼者。她凭借生活的底气和创作爆发力，一直在不断地超越自己，取得了令人惊讶的进步。吉尔最新诗集《我从未与世界如此和解》，基于辽阔、苍远、浑黄而厚重的新疆大地，写出了与其历史、人文、地理和风情相匹配的宏阔感、沧桑感和力量感。她太像一名劈柴女侠，解剖人生，让我们看到了原松木般的内在纹理，闻到了苦辛的松香。吉尔诗歌的倾诉笔调是刚健、质朴的，她对亲情的忧伤抒怀尤其触动人心。

——彭惊宇，诗人，《绿风》主编

吉尔生活在多元文化交汇的新疆库车，这让她天然传承了某些基因，在艺术上具有难得的异质特征。她的人生阅历崎岖，却不改率真爽直的性格。她的诗歌情感热烈奔放，笔力雄浑、恣肆，有着大漠的荒凉孤寂和天山雪水的清洌汹涌，她仿佛是神秘的楼兰女王后裔，生来就肩负着某种使命，那些孤独暗哑的事物，那些已经消逝的古远遗址在她

的世界里纷纷复活。

——陈亮,诗人,中国作家协会全委会委员,中国诗歌
学会理事,《诗探索》编委

吉尔是一位潜心于诗的人。她从她眼前的塔里木河、
塔克拉玛干沙漠、胡杨林、沟渠、风雨,以及自我和神灵之
中,感受着文字馈赠给她和我们的那些永恒之物。

——李浩,诗人,《十月》编辑

吉尔的诗歌沉实、从容、开阔,以独特的视角、敏锐的思
维和思想深度成就了鲜明个性,这些不仅源于龟兹之地的
强大基因与地域文化潜移默化的滋养以及西方文学的补给
对其的影响,也源于医者仁心的情怀。作为一个医务工作
者,她看待世界的角度是包容的、温良的、仁善的、悲悯的,
作为有着诗人天赋的她同时具备更细微的体察,对世界,对
生命的凝望与关照更为细腻与深刻,当她与万物打通了关
系,交融于生命的波涛与微澜,将这一切交付于文字,便是
一次又一次携带着灵魂的飞翔。

——娜仁琪琪格,诗人、画家,《诗歌风赏》主编

从《世界知道我们》，到《我从未与世界如此和解》，吉尔的现实之路和精神之途，以"诗如其人""人如其诗"的互证方式趋于丰盈、圆满。职业、地域、性别等，现实的种种局限，都被吉尔置于生活浩大的"放生池"，矫正、修炼着吉尔的身与灵，从而完善她的人格和诗学。"知道"是渴求的委婉表达，带有自我慰藉的意味；"和解"是悲欣交集的盾牌，主动运力于困顿之境。坚硬而饱含爱，节制又富有激情，善于将"小我"提纯为"大我"，这是文本呈现出的诗人形象和诗歌品质。

——张映姝，诗人、编审，《西部》主编

吉尔的诗篇，宁静深情、格力天纵，自由出入于多维空间，"过去心、现在心、未来心"同时绽放，彼此观照，既有对亲情往事的追忆，又有对历史文化的溯源；既有对自我的深刻探究，又有对现世的省察和辨析……新疆的自然风物赋予吉尔辽阔的视界，吉尔个人化抒写也赋予古龟兹以穿透未来的现代感，让人感觉陌生，又血脉相连。吉尔身处"边缘"，却写出翁郁的诗篇，在百年孤独中，寻找一个个永恒的瞬间，从一个吉尔，变幻为无数个艺术化的吉尔，令人赞叹。吉尔的写作，超越了地方性，她在昆仑山下发出的追问："为什么悲凉生生不息？"也抵达了大海和星空的边缘。

——孟醒石，石家庄市作家协会副主席兼秘书长

诗人吉尔以独特视角和饱满情绪对龟兹宝库寻微探幽,目光犀利,思考深刻。《我从未与世界如此和解》融历史、当下于丰沛的诗歌意象和个性化语言中,摆脱了单薄、概念、平面化的思维习惯,博大而深沉。源于对这片土地的爱,吉尔能够在诗意栖居中获得赖以飞翔的翅膀。因此,她枕"人类文明的摇篮"而眠,穿越时空,在丝路龟兹的天空下,开出了绚美花朵。

——亚楠,诗人

吉尔就是这样,做人、做母亲、做诗人,都是这样的率性和本真。诗歌,其实就需要真诚。我们所有的心机和策划,在诗歌面前,就会归零。单纯、执着、淳朴的吉尔就是一个诗人,她想写好每一首诗,而不至于被诗歌抛弃。就像诗人所说的那样:"我知道对于写作、对于诗歌,我永远是开始,愿我的故乡平安,愿我的诗歌能带来一丝慰藉。感谢痛并快乐的写作,使我在迷茫中没有走失。"

诗歌是文学的长子,也是温暖人类文明的火种。我们在困苦的时候多么需要诗歌的鼓舞和安慰啊。诗歌是璀璨的太阳,放射着光芒,把我们照亮。

——李东海,诗人、评论家

在我的印象里，吉尔是一个住在天边的人。我常常想，在她生活的小城，再往远处，是不是就是空无的宇宙，正因为如此，她的诗歌里有一种无法形容的辽阔和深远。我一直都很不解，作为一个女性，她的诗歌怎么会有如此大的容量和力道。这种力道，有时是显像的，有时是隐藏在词语后面的。我读过她写地域与历史的，也读过她写亲人和草木的，阔达与纤细交织，深情和冷峻交融。她应该有一颗怎样的心，才能做到时有飞翔，时有匍匐。她应该有怎样的赤诚，才能做到把自己交还给草木，而又发出万物的声音。她应该怎样在夜晚凝视自己，才能透彻地理解世事。她应该有怎样的悲悯，才能化身那些植物，才能用诗歌筑起一座坚硬的碑。有时，我也想，吉尔又不是一个住在宇宙边际的人，她就是我身边的一株植物，但是我不能为她命名，就像她决绝地说出：我从未与世界如此和解。

——赵亚东，青年诗人

这里是祖国的大花园。雪莲花绽放了，四周白雪静如处子，动如脱兔的明月自是从这先染后铺的白雪起，留下印色沁入后，已是升上了天空。明月上天山，映昆仑，鹿饮涧中。这里是旷达地，皓月当空，星稀风清，花豹路过，莲花锦毛，雪线处，一本诗集呈明其中，她们本来就有着与这个世界和解后的素心如简,有着现实与浪漫融汇后的龟兹川水在荡涤尘埃。她们和光同尘,与时舒卷,与空问道,魂之所向,素履以往。诗人吉尔生于斯,长于斯,诗于斯。她热爱着脚下的这片炙热而厚实的乡土,这片热土也反哺着她的灵感和诗意。吉尔的诗篇犹如古老的丝绸上刺绣出新开的花儿,又像是一匹野马般的诗灵驰骋在大地而后消隐在无边无际中。这里曾经叫西域,在这片土地上正在生活着的诗人是有福的。

——阳君,《诗人地理周刊》主编,张掖市作家协会副主席